JN057530

変わり者と呼ばれた貴族は、辺境で自由に生きていきます

2

enbunbusoku
塩分不足
イラスト：riritto

ソラ
ウィルに長年仕えている少女。
表情に乏しいが、非常に有能。
ホロウ
元奴隷の獣人。
ウィルに雇われてメイドとなる。
ウィル
大貴族グレーテル家の三男。
魔法を使えないが故に冷遇され、
辺境の領地を与えられる。
ユノ
三千年を生きる最古の吸血鬼。
ウィルを技術面で補佐する。
Main Characters
主な登場人物

ニーナ
元気いっぱいの獣人メイド。
サボり魔で楽天的な性格。
サトラ
包容力のあるお姉さんメイド。
水に濡れると人魚になる。
イズチ
集落最強の戦士で、
もの静かな性格の犬獣人。
ヒナタ
ウィルと不思議議な縁を持つ、
謎の狐獣人の女の子。

1　極寒の雪山

名門貴族の三男に生まれたウィルこと僕、ウィリアム・グレーテルには魔法の才能がない。

幼い頃にそれを知った僕は、生きる気力を失ってしまったんだ。だけど、そんなとき亜人の女の子に励まされ、元気をもらった。

それから亜人種に興味を持った僕は、彼らが誕生した理由を調べ始めた。

世間ではのけ者扱いの亜人だけど、過去に亜人の女の子に助けられた僕は、彼らにも分け隔てなく接した。魔法の才能がないことも相まって落ちこぼれ、変わり者なんて呼ばれていたよ。

そんな僕も十八歳になり、グレーテル家の習わしで領地をもつことになったのだけど……そこは屋敷以外何もない荒野だった。

過酷な状況に落胆しながらも、僕は亜人たちが自由に生きられる街を造ることを決意する。

かくして僕は、今まで隠してきた【変換魔法】という力を駆使して、枯れた大地を復活させたり、様々な施設を造ったりした。

大変な作業だけど、心強い味方になってくれた人たちもいる。

僕の相棒的な存在で、亜人種の研究も協力してくれている神祖と呼ばれる世界最古の吸血鬼、ユノ。

幼い頃から僕をそばで見守るメイド長のソラ。

元気いっぱいの猫獣人メイドのニーナ。

みんなのお姉さん的な存在のサトラ。

しっかり者エルフのシーナと最年少メイドのロトン。

そして、奴隷として売られていたところを助けた狼獣人のホロウ。

そこへ新たに加わったドワーフのギランや、たくさんの仲間たちと一緒に、理想の街を目指して毎日奮闘している。


そんなある日のこと。

ソラや他のメイドたちに声をかけ、最後に研究室にいるユノを呼んだ。彼女たちを食堂に集め、話を始める。

「そろそろ領民探しを再開しようと思うんだけど、どうかな？」

僕が今すべきは、領民を新たに引き入れることだと思った。エルフ、ドワーフと順調に集められているし、街造りと並行して領民も増やしていきたい。僕がそう提案すると、ソラが頷いてから言う。

「良いと思いますよ。ドワーフの方々の助力もあって、街造りを進められるようになりましたから」

続いてニーナが声を上げる。

「あたしもさんせーい！」

「あとはどこに行くか、ですね」

そうサトラが言った。僕はその言葉に頷きながら、みんなを見回して尋ねる。

「前みたいに誰かの故郷を探そうと思ってるんだけど、この中に我こそは！　って人はいないかな？」

「あの——」

最初に反応したのは、意外にもホロウだった。

てっきりニーナあたりが元気よくフライング気味に名乗り出るかと思ったけど。

「もしよければ、私の故郷へ一緒に行ってほしいです」

「ホロウの故郷って、確かずっと北の方だよね？」

「はい。雪山が並んでいる地域で、そろそろ来るんです」

「来るって何が？」

「大寒波です。私の故郷は元々寒くて、今でも気温は氷点下の日が続いています。そこに追い討ちをかけるように、毎年九月の初めくらいから特大の寒波が来るんです」

「そ、それって大丈夫なの？」

「はい、なんとか。私の一族は寒さに慣れていますから。それでもギリギリ耐えられるレベルなので、とても人間に耐えられる寒さではなくなります」

だから向かうのであれば、寒波が来る前にしてほしい。そうホロウは言った。

今はもう八月の下旬。彼女の言う時期まで、一週間も残っていない。寒波は年を越すまで続くらしく、ここを逃すと来年になってしまう。

「そういうことなら決まりだね。次に行くのはホロウの故郷だ」

「よろしくお願いします」

ホロウは頭を下げた。

「こっちこそ案内よろしくね。ユノも頼んだよ」

「うぅ……ワシ、寒いのは苦手なんじゃがぁ～」

「たくさん着こんでいけば大丈夫！」

「ほ、本当じゃろうな？」

ユノは半信半疑の様子だった。

出発は明日の早朝。僕たちは今日のうちに寒さ対策を十分に済ませ、極寒の地への旅に備えた。


そして次の日の朝。

天候は快晴だ。

「そういえば、この地域も来月から一気に寒くなるんだったね」

僕の言葉にソラが頷く。

「確かそのはずですね。ウィル様たちが北へ向かわれている間に、こちらも寒さに備えて用意をしておきます」

「うん、よろしくねソラ。さて、ホロウ、ユノ、準備はいいかな？」

「はい」

「ふ、服が重いのじゃ……」

ホロウはメイド服の上から毛皮のコートと帽子を着用。僕とユノは、彼女よりさらに分厚いコートを着て、手袋までして完全防備だ。寒がりのユノにいたっては、コートの中にもう一枚暖かい服を着ている。

「これで耐えられんかったらワシ、冬眠するからのう」

「冬眠って……熊じゃないんだから」

「そのときはおぶって運んでくれ」

「ちゃんと自分で歩いてよ……」

　そんなやり取りを終えて、僕らはユノが作り出した扉の前に移動する。空間魔法を使える彼女は、現在地と遠く離れた場所を繋げることができるのだ。

　ユノが繋げてくれた扉の先。

　僕も行ったことのない場所だから、少しワクワクしている。

「じゃあ行こうか」

　僕が扉を開け、二人が後に続く。抜けた先に広がっていた景色に、僕らは固まった。二重の意味で固まった。

「「寒っ！」」

　僕とユノは思わず声を上げた。

　一面、雪化粧した森に、僕ら三人はポツンと立っている。

　壊れた建物の壁に付けられた扉がある。寒さに慣れていない僕とユノは、気温の落差に身震いした。

「なんじゃここは！　もう寒いぞ！」

「えぇ？　ユノは来たことあるんじゃないの？　この扉付けたのユノでしょ？」

「こんな寒い場所なんて知らんぞ！　そもそもこのあたりを訪れたのはうん百年前じゃ！」

「その間に気候が変わったのかな？　ホロウは大丈夫なの？」

「これくらい全然平気ですよ。私の故郷はもっと寒いですから」

「こ、これより寒いじゃと？　ワシはもう無理かもしれん……後は頼んだのじゃ」

「諦（あきら）めるの早いよ！」

　ツッコミを入れた僕も、予想以上に寒くて驚いていた。今の気温はどのくらいなんだろう？　ゼロ度は超えていると思うけど……

「ここからさらに北か……結構移動しないと駄目（だめ）なんだっけ？」

　ホロウが頷く。

「はい、おそらくまだ遠いです。私はこの森を知りませんから」

「なら歩こう。ほら、ユノも行くよ」

「おぶってくれ〜」

「駄目です」

　情けない声を出すユノ。

　彼女の手を取って引きずるように、僕は北を目指して歩を進める。

ホロウの故郷は、王国からずっと北に向かった山奥にあるらしい。

そこはどの国にも属しておらず、ホロウは自分たち以外の種族が住んでいるのを見たことがないと言う。

その理由は単純で、普通に暮らせるような環境ではないからだ。

もっと具体的に言うならば、気温が低すぎる。一番暖かいときですら、氷点下マイナス三十度。大寒波に襲(おそ)われている九月以降の四ヶ月間は、平均マイナス八十度前後という話だった。

「マイナス八十度って……地獄じゃろ」

「ホロウは平気だったの？」

ホロウに質問を向けると、彼女は笑みを浮かべて答える。

「はい。私たち狼人(おおかみびと)族は、獣人の中でも寒さに強いですからね」

「いや、強いとかそういうレベルではないぞ……もしかして主、氷結系の魔法とか効かないのではないか？」

「ま、魔法ですか？　それは試したことがないのでなんとも……」

二人の会話に僕は口を挟む。

「それよりこっちで合ってるの？　さっきからホロウに案内されるままついてきてるんだけど」

僕らは現在、出発地点から北上を続けていた。

辺りの景色は依然として白一色。心なしか寒さが増しているようにも思える。途中でホロウが先頭に立ち、僕らを先導してくれていたんだけど……

「はい。知っている道に出たので大丈夫ですよ」

「そうなんだ」

僕にはさっきまでとの違いがわからないが、自信ありそうだし大丈夫かな。それより心配なのは……隣でブルブルと体を震わせているユノだ。

「ユノ、大丈夫？」

「これが大丈夫に見えるのか？」

「いや、ごめん。全然見えないから聞いたんだけど」

「なら見ての通りじゃ。寒すぎて無理……耐えられる気がせん」

「そ、そっか……ホロウ、あとどのくらいかかるかわかる？」

「まだずっと先です。この森を抜けた先に山があるので、そこを越えてさらに奥。もう一つある山の中腹に、私の故郷はありますから」

思った以上に遠いらしい。そして、どんどん寒さが増しているように感じるのは、どうやら錯覚ではないようだ。

山に近づくにつれ、気温が急激に下がっていっている。

「ウィル様、山が見えてきましたよ」

ホロウが斜め上のほうを指差す。木々の合間には、うっすらと山の輪郭(りんかく)のようなものが見える。

「えっ、もしかしてあれ?」

「はい。雲がかかっているようですね」

雲のせいなのか。

ほとんど輪郭しか見えないし、どれだけ高いのかもわからないぞ。ただ確実に言えるのは、あの山は今いる場所よりも寒いということだ。

「……これは、僕らも覚悟を決めなきゃ駄目だね。ほら頑張るよ、ユノ」

「嫌じゃぁ……帰りたい」

ここまで弱々しく嫌がる彼女は、これまで見たことがない。

それほど寒さに弱かったのか。

とはいえ、ここで引き返すわけにもいかない。

ホロウも言っていたが、今の時期を逃せば来年になってしまう。ユノもそれはわかっている。だから、嫌だ嫌だと言いながらも、僕らについてきているんだ。

そうして進むこと三十分。僕たちは山のふもとに到着した。

寒さはさらに増している。

見上げると、山の頂上が雲に隠れて見えなくなっていた。

「随分高いね……これを登るの？」

僕はホロウに尋ねた。

「はい。さすがに頂上までは行きませんが、中腹くらいまで登ってからグルリと回ります」

中腹って、どの辺りを指しているんだろうか。

そういえば、雪山の登山なんて生まれて初めての経験だ。大変だとは聞いているけど、実際はどれほどなんだろう。

それをこれから体験するのか。

「……よし」

僕は覚悟を決めて一歩を踏み出した。

雪山育ちのホロウは、難なく登っていく。

置いていかれまいと頑張る僕とユノ。

体力には自信があったけど、次第に息が上がってきた。

柔らかい雪道、かつ斜面なので、簡単に足を取られてしまう。

そこに気をつけて進んでも、問題なのは寒さだ。

山を登り始めてから、明らかに気温が十度くらい下がっている……気がする。

瞬(まばた)きを細かくしていないと、痛くて目が開けられない。呼吸をするたびに冷たい空気が入ってきて、肺がキリキリと軋(きし)むように痛む。

そして寒さは全身の動きを鈍(にぶ)らせる。筋肉が強張(こわば)ってしまい、上手く使えなくなる。体感的には、いつもの三倍は疲れやすい。

「はぁ……はぁ……」

「ウィル様、大丈夫ですか？」

「うん……僕はなんとかね」

疲れは感じているけど、動けないほどではない。

しかし、彼女は限界に達していた。

バタンッ——その音に後ろを振り返ると、ユノが倒れ込んでいた。

「ユノ？」

「ユノさん！」

急いで駆け寄り、ユノを抱き上げる。

脈と呼吸を確認すると、どちらも正常だった。

「大丈夫なんですか!?」

「うん、眠っているだけみたい。ユノ！　起きてユノ！」

声をかけ、頬を軽く叩いてみる。

しかし、起きる気配はまったくなかった。これは良くない事態だ。彼女が眠ってしまえば、屋敷と先ほどの扉を繋げる空間魔法が使えないので、一旦屋敷に戻るという選択肢がなくなる。

そして、状況はさらに悪化していく。穏やかだった天候が急激に荒れ始め、視界が遮(さえぎ)られるほどの吹雪(ふぶき)となったのだ。

「こ、これはさすがに……」

「ウィル様！　あそこへ避難しましょう！」

ホロウが示した先には、微(かす)かに穴があるように見えた。

僕は眠ったままのユノを抱きかかえ、ホロウと一緒にそこへ向かう。

雪に覆(おお)われた山肌に、小さな穴が空いていた。

穴へ駆け込む僕とホロウ。

穴の中は道が続いていて、二十メートルくらい進むと突き当たった。僕はそこでユノを下ろし、変換魔法で薪(たきぎ)を生み出して暖を取ることにした。

「ウィル様、ユノさんは大丈夫なんですか？」

眠るユノを心配そうに見つめるホロウが、僕に尋ねてきた。

僕は軽く頷いてから答える。

「心配ないよ。ただ眠っているだけだから」

神祖であるユノは不老不死の存在だ。魔力が尽きない限り死ぬことはない。

しかし、無敵というわけでもないから、こうして寒さにやられるとダウンしてしまう。

この様子だとしばらく起きそうにないな。

「困ったなぁ……ユノが起きてくれないと、屋敷にも戻れないよ」

「ならもっと暖かくすれば」

「そうしたいんだけど、薪で起こせる熱には限界があるんだよ。それに洞窟の中なのに、外とほとんど寒さが変わらないから、この雪山を抜けない限りは難しいかな」

「ですが、この吹雪の中を進むのは危険すぎます」

「うん、しばらくここで待機だね」

外は猛吹雪が続いている。

視界は悪く、凍てつく寒さが襲いかかってくる。

ユノがこの状態じゃ戻ることもできない。

そして、進むこともできない。

有体に言うと、僕たちは雪山で遭難してしまったというわけだ。

一時間後――

吹雪は一向にやむ気配がない。

それどころか、さらに悪化しているようにも思える。

僕は薪に触れそうになるほど近づいて、体を震わせながら寒さに耐えていた。

「私のコートをお貸ししましょうか？」

「駄目だよ。君は寒さに強いだけで、まったく影響されないわけじゃないんだろ？」

「ですがウィル様のほうが……」

「僕はまだ大丈夫。これくらいなら耐えられる」

そうは言ってもギリギリだった。体を動かしていないせいもあって、凍てつく寒さが体を蝕(むしば)んでいく。

体感だが、僕の体の限界は残り一時間くらいと見て良いだろう。

僕は立ち上がる。

「ウィル様？」

「進もう。このままこもっていたら、いずれ体が動かなくなる」

「それは無茶ですよ！　外はまだ吹雪(ふぶ)いているんですよ！」

「そうだけど……ここにいても寒さは凌(しの)げないんだよ」

僕は極限の寒さのせいで、冷静に物事を考えられなくなっていた。そんな僕をホロウは必死で止めようとする。

「一旦落ち着いてください！　ウィル様の魔法で、そこの入り口を塞ぐことはできますよね？」

「それはできるけど」

「塞いでしまえば、外からの寒さは凌げます。完全に塞ぐと空気の通り道がなくなるので、少しは隙間を空けないといけませんが、それでも今よりずっとマシになると思います」

「確かに……やってみるよ」

ホロウに諭され、僕は洞窟の入り口を八割くらい塞いだ。

すると、彼女の言ったように多少だがマシになった。

体の震えも、しばらくしたら落ち着いた。

「ありがとう、ホロウ。君に助けられた」

「いえ、私はただ意見を言っただけですから」

「それがなかったら、僕は外で凍え死んでいたよ」

普段の自分なら、もっと冷静な判断を下せただろうか。

入り口を塞ぐという簡単な案なら、最初に出てもおかしくなかったはずだ。

判断力が鈍っていたことを自覚させられる。たかが寒さと侮っていた自分が愚かだったと反省した。

「とはいえ、この程度じゃユノは起きてくれないか」

「そのようですね」

ユノは未だにぐっすりと眠っている。それこそ数日徹夜した後くらい、深く眠っているように見える。

「ホロウの故郷は、寒さ対策はしているんだよね？」

「もちろんです。室内なら、コートがいらないくらい暖かいですよ」

「だったら、そこまでたどり着ければユノも目覚めるかな」

希望を口にしながら、僅(わず)かに開いた隙間から外を見る。

吹雪はまだ収まる気配がない。持ってきた小さな時計で時刻を確認すると、すでに午後七時を回っていた。

「今日はここで一夜を過ごすことになりそうだね」

「そのようですね。夜は昼中よりずっと気温が低いので、気をつけないと」

「ならもっと近づこう。そうすれば、今より暖かいでしょ？」

「……はい」

僕らは薪のすぐ傍らで肩を寄せ合った。

眠っている間は特に体温が落ちやすいから、こうしていたほうが安全だ。

ユノは僕の膝の上で眠っている。隣で寄り添うホロウの頬が、赤く染まっていることに僕は気付いた。

2 白狼(しろおおかみ)と狼獣人

僕らは雪山の洞窟で寄り添いながら朝を迎えた。

入り口の隙間から外を覗き込む。吹雪はやんでいなさそうだ。多少弱まったようにも見えるが、冷たい風が吹き続けている。

「どうしましょう。もう少し待ってみますか？」

僕はホロウに頷いてみせた。

「そうだね、弱まるまで待ってみようか。これじゃ視界が悪くて進めないだろうし」

現在の時刻は朝の六時半。

太陽が昇ったばかりで、日没までは時間が残されている。

体の震えは止まっているし、焦る必要もない。僕らは暖を取りながら、吹雪が弱まるまで待った。

二時間後――

目論見通り吹雪が弱まってきた。

まだ多少は雪が舞っているけど、もう吹雪とは呼べないくらいだ。

視界も良好で、これなら方向を見失わずに進める。そう判断した僕たちは、腰を上げて外へ出た。

ユノは引き続き僕がおぶっている。

「うぅ……やっぱり外は一段と寒いね」

慣れたといえど、洞窟の外は依然として耐え難い寒さだった。

ユノをおぶっているおかげで背中は多少マシだけど、露出している頬は今にも凍ってしまいそうだ。

「案内頼むよ、ホロウ」

「はい、お任せください」

僕はホロウの先導に従って山道を進む。

昨日の吹雪で新しく積もった雪は軽くて柔らかい。

足を一歩踏み出すたびにズボッと沈むから、とても歩きにくい。

これだけでも十分に体力が削られる。そんな道をスイスイと歩いていくホロウを見て、感心しながら僕は言う。

「昨日もそうだったけど、すごいよね、ホロウは。疲れないの？」

「すごくなんかないですよ。このくらいの雪なら私の一族は、子供でも走り回れちゃいますからね」

「走り回るか……ホロウもそうだったの？」

「はい。こう見えて私、狩りも得意なんですよ？」

「そうなの？　というか、こんな雪山に生き物がいるのかい？」

「もちろんいますよ。雪兎に熊、狸とか鹿もいましたよ」

「熊は結構危険そうだな。一人で狩ってたの？」

「まさか。熊を狩るときは一人じゃなかったですよ。他の皆もいたし、それから――」

そのとき、視線を感じた僕らは立ち止まった。

話しながらで今まで気付かなかったけど、吹雪はすっかりやんでいる。

道もまっさらな雪道から、岩や倒木がゴロゴロしているような悪路になっていた。その岩陰から、複数の生き物の気配を感じる。

「ホロウ」

「はい」

僕とホロウは身を寄せ合い、視線を感じるほうを見つめながら数歩後ずさる。

この気配は人じゃない。

野生動物か……もしくは魔物か。

敵意は今のところ感じないけど、警戒はしているみたいだ。岩陰から僕らを観察しているらしい。

場所は大体把握できているけど、姿までは確認できないな。

さて、どうする？　まだ襲ってはこないけど、もし魔物だったら戦いになる。ユノをおぶって、ホロウを守りながら戦えるか。いいや、やれるやれないは問題じゃない。僕はごくりと息を呑む。

そして——岩陰から隠れていた彼らが顔を出した。

雪景色に同化するほど真っ白な毛並みと、鋭い牙を持った獣。一匹、二匹、三匹……どんどん数を増やしていく。

「あれは——狼？」

現れた白い狼たちは、ちょうど十匹。

魔物ではなかったようだ……と、安心してる場合でもない。

狼は人を襲う獣の一種だ。

僕らを獲物と認識しているのなら、今にも襲ってくるかもしれない。彼らは一歩、また一歩とこちらへ近づいてくる。僕は警戒を強める。

「ホロウ、僕の後ろに隠れるんだ」

「待ってください！　あれは……」

ホロウは目を凝らして一匹の狼を見つめた。

僕には何を確認しているかわからないけど、視線の先は一番前にいる狼だ。ホロウはしばらく眺めた後、はっと何かに気付いたような反応を見せる。

「もしかして！」

「ホロウ!?」

彼女は僕の前に出て、無防備に狼に近づいていく。

「危ないよ！」

「大丈夫です」

引き止めようとした僕に、ホロウはそう応えた。いざというときのために変換魔法を準備していたけど……

ホロウが近づくと、一匹の狼が進み出て、優しい声で鳴きながら擦り寄った。

「やっぱり……お前だったんだね、ラビ」

「クゥ～ン」

ホロウと狼の様子に、僕は困惑する。

「えっ……えぇ？　どういうこと？」

「安心してください、ウィル様。この子は野生の白狼じゃないです」

白狼というのがこの狼の種類らしい。

しかし、野生でないというのは？

「えっと、簡単に説明させていただくと、この子たちは私の故郷で一緒に暮らしている仲間なんですよ」

ホロウによると、彼女の故郷では、白狼を狩猟のパートナーとして飼いならしているらしい。

僕らの前に現れたのもその一部で、ホロウにじゃれているのがラビという名前のようだ。ラビはホロウが幼い頃に生まれた白狼で、彼女が故郷を出るまではずっと一緒にいたという。

「でも、どうしてここに？」

「おそらく見回りの最中だったんだと思います。もう村が近いですからね」

「そうだったのか！」

話に夢中になっていて、自分がどのくらい歩いていたのか気付いていなかった。

ホロウはラビに優しく話しかける。

「久しぶりだね、ラビ。ずっと会いたかったよ」

ラビの顔に頬ずりするホロウ。

ラビも嬉しそうに尻尾（しっぽ）を振っている。

微笑ましい光景に、寒い外気に反して温かさを感じた。


僕らはラビと一緒に、彼らがやってきた道を行く。

この頃には天気もすっかり良くなり、空には太陽が見えるようになっていた。岩と岩の間を抜け、固く踏み込まれた雪道を進む。

そしてついに――

「ウィル様、ここが私の故郷――ウェスト村です」

ホロウが右手を村のほうに掲げて紹介するように言った。

漆（うるし）を塗ったような黒い柵に囲まれ、赤茶色の木造建築が立ち並ぶ。

真っ白な雪景色ばかり見続けたせいもあって、建物や柵の色がより濃く見える。

ラビが帰還を知らせるように吼（ほ）えた。

すると、建物の中からゾロゾロと人影が現れた。ホロウと同じ灰色の髪をした狼人の男性や女性、子供や老人。

彼らは、僕らの存在に気付いて目を見開いた。

「……ホロウ？　ホロウなのか？」

「おじさん！」

一人の男性が驚いたようにホロウの名を口にした。ホロウも彼を見つけ、声を上げる。

男性はホロウの隣に立つ僕の存在にも気付いたみたいだ。

「あなたは……」

「初めまして。僕はウィリアム、見ての通り人間です」

「人間……」

「突然で恐縮なのですが、少し僕の話を聞いてはもらえないでしょうか？」

男は険しい表情を見せた。

人間という単語に反応したのがよくわかる。

こんな人里離れた雪山に住んでいるのは、過去に人間と大きく揉めたからではないか。

そういう予想もしてはいたけど、この反応を見る限り、当たっていたらしい。

僕は隣にいるホロウへ視線を向け、その表情を確認して息を呑む。

「ひとまず中へどうぞ。まずは暖まってください」

「ありがとうございます」

男性は僕らを警戒しつつも、室内へ案内してくれた。部屋へ一歩入った瞬間に、外との違いを実感する。

「暖かい……こんなに違うものなのか」

「木が特別なんですよ、ウィル様」

「木？　この赤茶色の木のこと？」

確かにこんな色をした木は見たことがない。

「レッドウッドという木です。ここからふもとへ下っていくとたくさん生えていますよ」

「レッドウッド……やっぱり聞いたことないな」

「すごい木なんですよ。とっても頑丈だし、保温作用もあるんです」

保温作用？

そうか、だから床がこんなにも暖かいのか。

暖炉の温もりが部屋の中に広がって、天井や壁がそれを閉じ込めている。この部屋の中なら、コートもいらないいんじゃないかな。

「こちらへおかけください」

僕らは案内された椅子に腰かける。

若い狼人が人数分の温かい飲み物を持ってきてくれた。

ユノはまだ起きないけど、この環境ならしばらくすれば目覚めるだろう。ユノには僕らが村民と話をしている間、ベッドで横になってもらうことにした。

全員が落ち着くと、最初に先ほどの男性が口を開いた。

「本当に……ホロウなんだね？」

「はい」

「そうか、そうか……またこうして会える日が来るとはなぁ」

彼はしんみりと言った。彼女が村を出てからの三年間を、じっくり感じているようだった。

「また会えて嬉しいよ」

「私もです。セレクおじさん」

ホロウによれば、彼はこの村を治めている村長さんで、ホロウの育ての親らしい。

ホロウは今日までの経緯を彼に話した。

セレクはそれを時に悲しそうな表情を浮かべ、時に嬉しそうに微笑みながら聞いていた。

「大変だったんだね。だが、こうして元気な姿を見られて良かったよ」

「うん。それも全部、ウィル様のおかげなんだよ」

ホロウが僕に視線を送る。

それを追うように、セレクが僕に目を向ける。

「ウィリアムさん……でしたね。ホロウを助けていただき、ありがとうございました」

「頭を上げてください。僕はただ好きでやっているだけですから」

「そう言えるあなたは、とても優しい心の持ち主なのでしょうね」

セレクが頭を上げ、僕と視線を合わせる。

ああ、良かった。最初は警戒されていたようだけど、ホロウと話したおかげか、その警戒心もなくなっている。

セレクの目がとても穏やかになった。

「それでお話というのは？」

「はい。少し長くなりますが、聞いていただけますか？　僕の目指す街について」

それから僕は、亜人と人間が共生する街を造るという理想を語った。それが冗談でもなんでもなく、本気だということを強調しながら。

セレクは驚く様子もなく、なぜか納得したような表情で聞いていた。僕が全て話し終えると、彼はこう口にする。

「やはりあなたは特別な人間のようですね。そんな理想は、我々でも考えたことがありませんでした」

彼らはかつて、暮らしていた集落を人間に奪われた経験があるそうだ。

それ以来、数十年にわたってこんな雪山の厳しい寒さに耐えながら生活している。人間を恨む気持ちがあるのだと申し訳なさそうに口にするセレクに、僕はそれでも言う。

「僕の理想は、絵空事(えそらごと)に聞こえるかもしれません。だけど必ず実現させてみせます。どうか……皆さんにもご協力していただけないでしょうか？」

「もちろんですよ。あなたの理想が叶うなら、我々にとっても最高の環境になる」

セレクはあっさりと了承した。

あまりに簡単に返答するから、僕のほうが驚いてしまった。

「我々も、好きでこんな場所で暮らしているわけではありませんからね。皆にとっても良い話だと思います」

簡単に口にしたようで、色々な葛藤(かっとう)があるのだろう。セレクの声音からは迷いを振り払うような決意が感じられた。

村を率いる長として、最善の行動はなんなのか。

それを考えての決断だったのかもしれない。ならば僕は、その決断が正しかったと思えるように、精一杯の努力をするべきだろう。

3　青憐華（せいれんか）

セレクの承諾は得たものの、眠っているユノは依然目を覚まさない。

寒さにさらされていた時間が長かったせいだろう。

もしかすると夕方くらいまで目覚めないかもしれないな。

そういうわけで屋敷へ戻れない僕らは、雪山での暮らしについてセレクから教えてもらうことにした。

これから僕の領地も寒くなるし、色々聞いておいて損はないだろう。

「食料はどうしているんですか？　狩猟だけじゃ限界があると思うんですが」

「その通りです。ここは極寒の地ですから、生息している動物にも限りがありますし、狩りつくすわけにはいきませんからね。さすがに魔物は食べられませんし」

「やっぱり魔物もいるんですね……ここは襲われたりしないんですか？」

「今のところはありませんね。村を囲っている柵は見てもらえましたか？　あれが魔物避（よ）けになっているんですよ」

柵に塗られていたのは漆だという。

ただ、漆に魔物避けの効果があるのではなく、この地域の魔物は漆黒という色を嫌うらしい。しかし、理由は定かではないそうだ。

それでも、とセレクは続ける。

「さすがにドラゴンには通じないと思いますが」

「ドラゴン⁉　この辺りにはドラゴンがいるんですか？」

「はい。もっと山頂付近に行けば、氷を司るドラゴンが生息しています」

ドラゴン——現存する魔物の中でも最上位に位置する化け物。

僕も資料でしか見たことがないけど、ワイバーンとは比較にならないくらい大きくて、一匹で王都を壊滅させられる個体もいるという。恐ろしいと感じる一方で、一度で良いからこの目で見てみたいとも思っていた。

「おっと、話がだいぶそれてしまいましたね。食料について、でしたか？」

「あっ、はい。そうですね。狩猟が駄目なら、どうしているのかと」

「畑で野菜も栽培していますよ」

「野菜？　こんなに寒くても育つんですか？」

「ええ、野菜にも色々種類がありますから」

白菜、キャベツ、ネギ、ホウレンソウなど。強烈な寒さにも耐えうる野菜を選んで栽培している
らしい。

ラインナップだけ見ると、よく鍋で活躍する野菜ばかりだ。

なるほど、それなら僕らの畑でも同じようなものを栽培していこうかな。そうすれば現在育てて
いるものとあわせて、一年を通して色んな野菜を収穫できるし。

「あとで畑を見せてもらえませんか？」

「もちろん構いませんよ。よければ、収穫したものを一緒にそちらへ持っていきます」

「助かります」

きっとソラたちが喜ぶぞ。料理の幅が広がるってね。

そんな話をしていると、奥の部屋から足音が聞こえてくる。

扉が開いて姿を見せたのは、寝起きのユノだった。

僕は目をこすりながら歩いてくるユノに声をかける。

「おはよう、ユノ。珍しく寝ぼすけだったね」

「うむ……おは……よう？」

どうやらまだ寝ぼけているらしいユノは、僕の隣に座った。僕らはうとうとしている彼女がちゃ
んと目覚めるまで待つことに。

「本当にスマンかった……今回のワシは、完璧に足手纏いじゃったな」

徐々に意識がはっきりしてきた彼女の第一声は謝罪だった。とても申し訳なさそうな顔で頭を下げる。

「謝らないでよ。普段は君に頼りっきりだし、このくらいはおあいこだからさ」

「いや情けない……ワシともあろうものが、寒さ程度に負けてしまうとは……ホロウ、主にも迷惑をかけたな」

「迷惑だなんてそんな！　ウィル様のおっしゃる通り、開拓ではユノさんに助けられてばかりでしたから、それに比べれば些細なことですよ」

「うぅ……そう励まされると逆に恥ずかしいのじゃぁ……」

頬を赤くするユノ。

ともかく、これでようやく帰れるな。

早速ユノに扉を生成してもらい、僕らは一旦屋敷へ戻ることにした。セレクたちの移動は、一週間ほど準備してから行うという話でまとまった。

「では行こ……っくしゅん！」

「大丈夫？」

「まだ寒気が少し残っているようじゃ……くしゅん！」

「風邪を引いてしまったのでは？」

「かもしれんな」

ホロウの質問にユノが鼻水を啜りながら答えた。

神祖でも風邪って引くんだ……と思いつつ、僕の頭にちょっとした疑問がふと浮かぶ。

「セレクさん、病気になったときはどうされているんですか？」

風邪に限らず、世の中には様々な病気が存在する。

軽いものなら魔法でなんとかできるけど、重い病気は難しい。

こんな山奥では、薬を買いに行くことはできない。

自分たちで調合するにも、この環境で素材採取は厳しいだろう。

「軽い風邪や疲労なら、ふもとまで下りれば薬草が生えていますから、それを採取して使うんです。もっと重い病気の場合は、これを使っています」

セレクは棚から小瓶を取り出した。

小瓶には美しい水色をした液体が入っている。

「これは？」

「いわゆる万能薬です。この山の山頂に、珍しい青い花があって、それを元に作ったものなんですよ。まだ数十本は残っていますが」

「そんなに？　珍しい花なのに？」

青い花というのは、そこまで大きな花なのだろうか。

僕はセレクに尋ねる。

「大きさは手のひらに載(の)るくらいですよ。ですが一輪あれば、この万能薬が百本は作れますから」

一輪で百本も……それは中々お得なのでは？　と思った僕は、セレクに重ねて質問した。

「ちなみに、最近は採取できましたか？」

「いいえ」

なるほど。これはどうやら、帰るにはまだ早いらしい。

「セレクさん、その花って僕が採りに行っても問題ないでしょうか？」

「えっ、それはまぁ……我々のものというわけではありませんので」

「それなら、今から採りに行ってきます」

「今からですか!?」

「ええ」

僕の領地に治癒(ちゆ)魔法を使える者はいない。

薬師(くすし)もいないから、もし病にかかれば領地の外まで治療しに行くか、薬を調達してこないといけないのだ。

これから寒くなるし、体調を崩す人も増えるだろう。

ただの風邪ならどうにかなるけど、弱っているときに大病を併発したらどうする？

世の中に万能薬と呼ばれるものはいくつかあるけど、それらの調合法や中身は明かされていない。

僕の変換魔法だと、調合方法や素材がわかっている薬しか生み出せない。

だから誰かが病に倒れても、指を咥えて見ていることしかできないんだ。それは領主として情けなさすぎる。

「青い花……万能薬は貴重ですからね。今後のことを考えたら、街の皆のために必要なんです」

それに僕の場合、姿形、性質や調合方法を知ることができれば、万能薬そのものも変換可能だ。

「そういうわけだから行ってくるよ。二人は先に帰ってて」

「ちょっ、ま、待ってください！　お一人で向かわれるつもりですか？」

「はい？　そうですけど……」

慌てて尋ねてくるセレク。

さっきまで冷静だった彼が、こんなにも焦っていることに疑問を抱く。

「危険すぎます！　青い花が生えている場所は、ドラゴンの巣穴なんです！」

「なっ……本当ですか!?」

「事実です。奴は山頂に空いた大穴に巣くっているんです」

山頂に生息しているドラゴンは、巣穴を中心に周辺を飛び回っているそうだ。巣穴に近づけばすぐに気付かれて襲われるとセレクは言う。

「じゃ、じゃあその万能薬は？　どうやって青い花を採取したんですか？」

「……これは、私の祖父が命がけで手に入れたものです」

セレクは語り始めた。

今から五十年以上昔の話。

元々暮らしていた場所を人間によって追われた狼人は、人気のないこの山奥で生活を始めた。

仲間と協力し、なんとか生活の基盤を作り上げたが、寒波による強烈な寒さで、倒れる者たちがどんどん増えていった。

特に子供や老人は、とてもではないが耐えられない。

弱りきったところで、様々な病気を併発して亡くなってしまう。

全滅の危機に瀕した彼らは、どうにかして病に対抗する手段を探った。せめて子供だけでも助けられれば、次の世代に繋ぐことができると……

そしてあるとき、仲間の一人が偶然青い花の情報を手に入れた。

同時にドラゴンの生息も知ったが、それでも未来のため大人たちが立ち上がり、青い花の採取に向かった。

その結果――

「なんとか青い花を採取することができたそうです。しかし、それと同時に多くの同胞の命が失われました。父が教えてくれた話では、その頃は三百人ほど仲間がいたそうです」

　そのうち二百人が採取に参加し、生きて帰って来られたのはたった八人だけだったそうだ。ほとんどがドラゴンの餌食になり、ブレスで凍らされ、強靭な顎で噛みつかれ、尻尾でなぎ払われ……そうして命を落としながらも、若い世代のために戦ったのだ。

「そうだったんですね……」

　悪いことを聞いてしまったと、僕は申し訳ない気分になった。

「ですから、危険を冒すようなことはしないでください。あなたは皆さんの……これからは我々の領主にもなるお方なんですよ」

　セレクは一生懸命に僕を説得してくる。

　彼の訴えはもっともだし、危険なのは十分把握できた。

　しかし僕の意見は、この話を聞いた前と変わらない。

「ありがとう、セレクさん。だけど……それでも僕は行きますよ」

「なっ、どうしてですか！　今の話を聞いて、危険だとわからなかったのですか!?」

「わかっています。大丈夫ですよ、ちゃんと考えはありますから」

「か、考え？　それは一体——」

「えっとですね。僕の変換魔法なら——」

それから僕は五分ほど使って、ドラゴンを退ける算段を説明した。

セレクに伝えるのもそうだけど、この作戦が有効かどうかをユノに判断してもらうためでもあった。

彼女ならドラゴンがどの程度の強さかわかるだろうしね。

僕の話を聞き終えたセレクは、それでも不安そうだった。

「そ、そんなことが本当に可能なのですか？」

「はい。どうかな？　ユノ」

そう質問を向けると、ユノは表情一つ変えることなく答える。

「ん、まぁ大丈夫じゃろ。というか、そんな回りくどい方法など使わずとも、主の魔法なら真っ向から戦えると思うが」

「えっ、そうなの？　あーでも、可能な限り安全確実にいきたいから、今話したのを第一案にしようかな」

「良いと思うぞ。で、ワシもついていく」

「いや、それは……」

「と言いたいところじゃが、寒すぎて役に立たんのは証明済みじゃ。大人しく帰って、主の戻るのを待つとしよう。ホロウ、主もそれで良いな？」

「わ、私はお二人が大丈夫だとおっしゃるなら……」

そう言いながらも、ホロウは心配そうに僕を見つめている。僕は安心させたくて、彼女の頭を軽く撫でる。

「大丈夫だよ。本当に無理なら、すぐに引き返してくるから」

「ウィル様……わかりました。信じて待っています」

「うん。ソラに頼んで、今夜はご馳走を作ってもらえると嬉しいな」

「はい！　お任せください」

ホロウは笑顔でそう応えた。

僕はセレクに目を向け、穏やかな表情を作って彼に言う。

「ドラゴンの巣の場所、教えてもらえますか？」

「……わかりました。ですがもし、あなたが帰らなければ、あなたの街にホロウを安心して預けることはできません。そのときは彼女を我々の村に引き取らせてもらいますよ」

「ええ、それで構いません。僕は必ず戻りますから」

セレクから道を聞いた僕は、夜になる前に出発することにした。

「それじゃ、行ってくるね」

「うむ、ワシらもすぐに屋敷へ戻るとしよう」

「ウィル様、お気をつけて」

ユノとホロウに見送られ、僕は山頂を目指して山を登り始める。

今日のように天候が穏やかであれば、山頂までは二時間もかからないらしい。

一番の難所は、途中に通る雲の層だ。

霧のように視界が塞がれるし、その高さまで行けばさらに空気が薄くなっているだろう。

雪道はやっぱり歩きづらいなぁ……いっそのこと変換魔法で硬い道でも作っちゃうべきか。

いや、この先ドラゴンが控えていることを考えると、無闇に魔力は使いたくないな。僕がこれから実行しようとしている作戦は、おそらく相当な魔力を消費するだろうし。

「仕方がないっ！　我慢して歩くしかないよね！」

僕は自分に言い聞かせるように大きな声で言った。

それから登ること一時間。問題の雲の層までたどり着いた。ここまでは順調、天候の悪化もなくスムーズに来ている。

「よしっ！」

僕は気合を入れて雲の中へと突入する。

案の定視界は最悪だった。

雲の中だから、空気中には小さな氷やチリも舞っていて、それが口の中に入ってくる。空気も薄くなっているので、呼吸数がいつもの倍くらいまで増えている。

ここでドラゴンに襲われたら、さすがに厳しいだろうな。セレクさんの話だと、雲を抜けたらもうドラゴンの縄張りらしいけど。

とりあえず、雲を抜けるまでは遭遇しませんように。そう祈りながら進んでいく。

そして三十分。

何事もなく、問題の雲を抜けることに成功した。視界が晴れると、西の空に半分雲で隠れてしまった太陽が見えている。

「うっ～ん……あと少しかな」

僕は両肩を大きく回してから背伸びした。

それから、もうドラゴンの縄張りであることが頭に浮かび、ふと空を見上げる。

どこまでも広がる青い空に、変わった形の影が一つ。

「あれは――」

影は猛スピードで近づいてくる。それは風を切るように空を飛び、雪山を根城(ねじろ)とするに相応(ふさわ)しい白銀の鱗に身を包んでいた。

「氷の竜……これが本物のドラゴンなのか！」

あまりのスケールに、僕は思わず興奮してしまった。

恐怖に体が震えるよりも、未知の光景に心が震えてしまった。

圧倒的な大きさと美しい造形は、僕の心を激しく刺激する。

かつて命を落としたホロウの先祖たちに申し訳ないと思うけど、僕はドラゴンに会えて良かったと思った。

急接近したドラゴンは、空中で翼を羽ばたかせて止まる。そして口を開き、何かを放出しようとする。

「――って！　感心してる場合じゃなかった！」

あの感じはブレスを吐こうしている。

聞いた話だと、このドラゴンのブレスは人を一瞬で凍らせてしまうらしい。

ホロウの先祖たちが最も苦しんだとされる攻撃。それが今まさに、僕に向かって放たれようとしていた。

「変換魔法――」

僕は両手を前に突き出す。

「【魔力↓炎（マナ・トゥー・フレイム）】！」

ドラゴンがブレスを放つ。

僕も対抗して炎を噴射した。

ブレスと炎は、ちょうど僕らの中心でぶつかり合い、激しい衝撃が周囲を襲った。僕は風圧で吹き飛ばされそうになりながら、両手を地面について耐える。

「くっ……すごいな今の攻撃。あんなの生まれて初めて見たよ」

舞った雪を吹き飛ばすように、ドラゴンが力強く翼を羽ばたかせる。

ブレスを相殺（そうさい）されたことでこちらを警戒しているようだ。

あの図体（ずうたい）で突っ込まれたら最悪なんだけどなぁ。警戒してくれているようで助かるよ。おかげでじっくり観察できる。

「すごいね……うん、聞いていた以上の迫力だ。でも――思ったより怖くないな」

これなら十分に戦える。

ユノの言っていたことは確かだったみたいだ。

ならこの作戦も、成功するに違いない。

「ごめんね、君と遊んでいる時間はないんだよ」

僕は右手をゆっくりと上げる。

「だから君の相手は――君自身にしてもらうよ」

変換魔法――【魔力→（マナ・トゥー）ドラゴン】。

魔力が一点に集中し、もう一体のドラゴンが出現する。

姿を確認し、どういう生物なのかわかってしまえば、僕の魔法はドラゴンでも生み出せる。

これが僕の考えた作戦。

ドラゴンの相手は、同じドラゴンにしてもらえば良い。

「さぁ、戦っておくれ」

二匹のドラゴンが雄叫びを上げた。

ブレスとブレス、牙と牙がぶつかり合う。

その隙をついて、僕は巣へと走った。

雪に足を取られながら、一秒でも速く到着できるように急いだ。

そうしてたどり着いたドラゴンの巣穴は予想よりも浅くて、覗き込めば底が見える。

僕は魔法で壁に道を作りながら駆け下りていく。

半分くらい下りたところで、青い花を見つける。

「あった！」

僕はぴょんと壁を跳び伝いながら、花の目の前に着地する。

間近で見たそれは、これまで見てきた花の中で一番美しかった。

セレクによると、この花には名前がないらしい。

もしも、この花に名前を付けるなら、その美しさを称えてこう名付けよう――青憐華と。青く可憐な華は、いずれ皆の命を救うだろう。

万能薬の材料となる青い花、青憐華を手に入れた僕は、壁に作った道を上がって頂上へ戻った。

さて、後は帰るだけだし、ソリでも作って滑ろうかな？　なんて危険なことはもちろんやらない。

ちょっとやってみたい気持ちもあるけど、安全に帰ってくるように言われているからね。

「あっ、そういえばドラゴンはどうなったかな」

変換魔法で生み出したもう一匹と戦わせておいたけど、もしかしてまだやってるのかな？

だとしたら、このまま残しておくのは危険だよね。片方は僕が作ったんだし、消そうと思えば簡単だけど。

「どうせ通るし、チラッと見ておかないとね」

そう考えた僕は、ソリのことは一旦忘れて地道に下山することに決めた。

ドラゴンが戦っていた場所は、この辺りから見えるはずだ。

しかし、来るときに通った雲の入り口が近づいてきたというのに、ドラゴンの姿がどこにもない。

辺りには戦いの痕跡だけが残っている。

「あれ……どこ行ったんだ？」

もしかして、あのまま戦いながら山を下っていったとか？

それだったら大変だぞ。村の皆が危険に晒されてしまう。焦りを感じた僕は、急いで雲の中へ突っ込もうと一歩を踏み出した。

その一歩を踏みしめた地面から、硬くてゴツゴツした感覚が足へ伝わる。

「えっ、何これ？」

視線を下に向けると、そこにはルビーよりも濃い赤色の結晶が埋まっていた。

サイズは両手に持って余るくらい。

それよりもこれ……魔力か？　この結晶から魔力を感じるぞ。

ここで僕は、書物にあったドラゴンについての記述を思い出した。

「そうかわかったぞ！　これはドラゴンの心臓か！」

一部のドラゴンは、死んだ後に心臓を結晶化して残すと、昔読んだ本に書いてあったのだ。

「ん？　ってことは……」

僕は辺りをもう一度散策してみる。

すると予想通り、赤い結晶の二つ目が見つかった。やはり相討ちだったようだ。

心臓が結晶になるって正確に把握していなかったのに、よく変換魔法が使えたなぁ。生み出す対象の構造を理解していないと発動しないはずなのに……

自分の魔法だけど、その発動基準が曖昧で困る。

神代の魔法は、色々と難しい。もしかすると、僕が知らない変換魔法の秘密があるのかもしれないな。

「まっ、いいか。とりあえずこれも持ち帰ってみよう」

ユノに見せて、何かに使えないか聞いてみよう。

それから僕は雲を抜け、セレクたちのいる村まで戻った。

戻ってすぐにセレクに会ってドラゴンについて質問されたので、倒した、と返すと、彼は言葉にならないといったような驚愕の表情を見せていた。

そういう反応になるよね。厳密には僕が、じゃなくて僕の生み出したもう一匹が倒したんだけど。

手に入れた花は、すぐに調合しないと枯れてしまうと言われたので、その場で万能薬に変えてもらった。

とにもかくにも無事に帰還した僕は、ユノの作った扉で屋敷に戻ったのだった。

屋敷に帰ってすぐ、ニーナが僕を見つけ、大きな声でみんなに知らせる。

どうやら、先に戻っていたユノがドラゴンのことを伝えたらしく、みんなが心配して駆け寄ってきた。

なんとか彼女たちをなだめてから、心臓を持ってユノのいる研究室へ行く。

「ただいま」

「おう、主か。思ったより遅かったのう。苦戦したか？」

「ううん、作戦通りだったよ。で、これなんだけどさ」

僕は袋に入れて持ち歩いていた赤い結晶を、袋ごと机の上に置いた。そこから一つ取り出して彼女に見せる。

「たぶんドラゴンの心臓だと思うんだけど、合ってる？」

「うむ、合っておるぞ」

やっぱりそうだったんだ。僕は少しホッとした気分になった。これで間違っていたら、ちょっと怖いことになっていたかもね。

「じゃあこれって何かに使える？　魔力は感じるんだけど」

「使えるどころではないぞ？　これはそのまま魔力結晶と同じなのじゃ。それも最高純度のな」

「そ、そうなの？」

魔力結晶とは、魔力を蓄えた希少な鉱石だ。

その中でも最高純度……そこまですごいものだったとは。さすがドラゴンの遺品というべきか。我ながらとんでもない相手を倒していたんだな。

ユノが楽しげに言う。

「これがあれば、今の発電所をもっと強力にできるぞ？」

「本当？　だったらお願いしてもいいかな？」

「了解じゃ。もう一つはどうする？」

「う～ん、何に使ったら良いのかなぁ～。パッと出てこないや」

「なら思いつくまでとっておこう。貴重なものじゃし……といっても、主なら量産できるか」

「いやいや、さすがにきついよ！　それってドラゴンの魔力が集まったものでしょ？　ドラゴン一匹変換するのに、僕の魔力八割くらいもっていかれたからさ」

その心臓ともなれば、八割とはいかないまでも相当魔力を消費するよね。

量産なんてしたら、僕の魔力が干からびちゃうよ。

ちなみに、日を空けて一つだけ生成してみたら、案の定ドラゴンと同じくらい魔力を消費してしまった。

これはどうしても必要になったとき以外、無闇に生成しないようにしなければ……

4　海底都市

それから一週間が過ぎて、セレクたちが領地へやってきた。今ではドワーフのギランたちの力で、街の一部が徐々に形になっていた。

今現在で出来上がっているのは、屋敷へ続く道とその通りに並ぶ建物の土台や骨組みだ。まだまだ街とは呼べないけれど、少しずつ進化していっている。

そしてもう一つ、大きな変化があった。

それは気候だ。

九月に入ったことで、領地を含むこの辺りの気温が一気に下がったのだ。先月までの平均気温が二十度前後だったのに対して、現在の気温は十度以下。

今までの服装では風邪を引いてしまう変化だ。しかも、これからどんどん寒くなるらしい。

セレクたち狼の獣人には、暖かい衣類の作成と、寒さに強い野菜の栽培をお願いしてある。

狼獣人の一部はギランたちと協力して、寒さにも耐えうる建築を進めている。寒さ対策に関しては、彼らに任せておけば大丈夫だろう。

「そういうわけで、僕はまた領民探しに行こうと思うんだけど」

屋敷の食堂には、僕と五人のメイドたちが座っていた。ユノは研究室で作業中だ。

「シーナとホロウの故郷には行ったから、あとは、ニーナ、サトラ、ロトンの故郷だよね？　三人ともどうかな？」

「う～ん、立候補したいんだけどなー。まだなんとなくしか思い出せてないんだよぉ」

ニーナは頭を抱えながらそう言うと、喉元を示しながら続ける。

「ここまでは出かかってるんだけどぉ～……あー駄目！　考えると頭痛くなっちゃうよ！」

「普段あまり難しいことを考えないからですね」

小さな声でソラが皮肉を口にした。

近くに座っていた僕とホロウにしか聞こえていないかな。ホロウは苦笑いしている。

ニーナはよく仕事をサボるから、メイド長のソラも苦労している様子だ。

僕はメイドの中で最年少のロトンに話を振る。

「じゃ、じゃあロトンは？　大体の場所でもいいから思い出せそう？」

「うぅ～　ご、ごめんなさいウィル様。ボクもその……あんまり思い出せなくて」

「そっか、仕方ないね」

残るはサトラだけか。

僕がサトラに視線を向けると、彼女は珍しくぼーっとしていた。

「サトラ？」

「……」

「おーい！　サトラ聞いてる？」

「えっ？　あ、はい！　ごめんなさい、少し考えごとをしていて……お話はちゃんと聞いていましたよ？　私の故郷について……ですよね？」

「うん、そうだけど……どうかしたの？」

いつも落ち着いているサトラらしくない。動揺……とまではいかないが、明らかに普段と違っていた。

そういえば、今さらだけど、僕はサトラが故郷を出た経緯を知らないんだよね。最初にここへ来たときに尋ねたら、答えたくないと言われたから、それっきり聞いてこなかった。

故郷の話題になった途端にこの変化……

やっぱり何かあったんだろうな。

「サトラ、嫌なら無理に答えなくてもいいからね？」

「……いいえ、話します。いつまでも隠しているのは良くありませんから」

サトラは真剣な表情でそう言った。無理はしなくていいともう一度伝えると、サトラは首を横に振る。

「大丈夫です。大した理由ではないですから。ただ……その、ちょっと恥ずかしかっただけなので」

「恥ずかしい？」

僕が問うと、サトラは小さな声で告げる。

「はい。実は私……両親と喧嘩して家出したんです」

「い、家出？」

予想外の回答だった。

正直に言うと、もっと重い事情が返ってくると思っていた。それがまさかの家出とは……いや、まだ理由を聞いていない。もしかしたら事情があるのかもしれない。

「どうして家出を？」

「えーっと、両親が私を無理やり結婚させようとしてきて……嫌になって抜け出したんです。そうしたら、初めての地上で道に迷って……」

「それで奴隷に？」

「はい……お腹が空いて倒れて、気が付けば奴隷商人のところでした」

うん……その、なんというか反応に困る。

話している最中、彼女の顔が赤くなってきていた。

要するに、サトラはドジをしたというわけか。

なるほどねぇ……話すのが恥ずかしいという理由は理解できた。ついでに、家族にもう一度会いに行きづらいんだろうなぁということも察した。

「サトラ……もしあれなら、僕とユノだけで探しに行くよ？」

「い、いえ、私も行きます！　どちらにしろ、領民に引き入れるなら会うことにはなりますし。いつまでも子供みたいに逃げているわけにはいきませんから」

「そっか。なら、明日の朝には出発しようか」

「はい。よろしくお願いします」

しっかり者のサトラの意外な過去を知ってしまったな。

この話が終わった後で、親近感がわいたのか、ニーナが大きな声でサトラを励ましている姿が見受けられた。


その日の夜。僕はユノがいる研究室に来ていた。彼女に作ってもらいたいものがあって、それを頼みに来たのだ。

ユノが不思議そうな顔をして言う。

「水中呼吸の魔道具？」

「うん、魔道具じゃなくてもいいんだけど、とりあえず水中でも息ができるようなアイテムってないかな？」

そう尋ねた後で、僕はサトラの故郷へ向かうことを伝えた。

彼女の故郷は海底にあるため、僕やユノではたどり着けない。水中で呼吸が可能なのは、特殊な加護を持つ者か、サトラのようなセイレーンだけだ。

「なるほどのう、セイレーンの住処か。そうか、今は海にあるんじゃな」

「あれ？　その口ぶりだと、ユノは知ってるの？」

「大昔の話じゃよ。奴らは大きな湖に大都市を形成しておったな。まぁそこも、大規模な抗争に巻き込まれて干上がってしもうたが」

「へぇ～」

「今となっては関係のない話じゃったな。で、そのアイテムは明日の朝までにあれば大丈夫か？」

「うん、間に合いそう？」

僕が尋ねると、ユノは自信ありげに言う。

「ワシを誰じゃと思うとる。ついでに、水圧対策の装備も作っておくとしよう。深さ次第では、体が水圧に耐えられない可能性があるからのう」

「あー確かに。一応僕も、魔力で体を強化できるけど、深すぎたらどうしようもないもんね」

ユノは僕の言葉に頷いて続ける。

「ワシと主の二人分じゃな」

「僕も手伝うよ。と言っても、大して役に立たないと思うけど」

「いや、助かるのじゃ。一人じゃとワシの睡眠時間がなくなりそうじゃからな」

それから僕らは作業に取りかかる。

深夜一時を過ぎる手前で作業は終了し、僕はそのまま疲れでぐっすりと眠りについた。


次の日の朝。

特殊スーツと水中呼吸を可能にする丸薬の二つを準備した僕らは、ユノの扉を通って出発した。

サトラの話では、セイレーンの都市があるのは大陸南西近くの海底だという。ユノの扉は、そこから十キロほど離れた地点にしかなかったので、目的の場所までは徒歩で移動することに。

「のう、ウィル。この辺りはどこの国の領地なんじゃ？」

「う～ん、地図上だとイルミナ帝国の一部になってるかな」

「イルミナ帝国か、ワシも名前しか知らん国じゃな」

「実を言うと僕もなんだよね。うちの国からかなり離れているし、あんまり交流もなかったから。

強いて言えば、軍事に力を入れてるって聞いたことがあるくらいだけど」

僕はサトラに視線を向ける。

「それで合っています。あの国は強力な魔道兵器をいくつも所持しているそうですから」

「魔道兵器ねぇ……そこまで軍事を強化して、何をするつもりなんだろう」

「さぁのう、戦争でもしたいのではないか？」

ユノはさらっと口にしたが、もし戦争を起こそうとしているならたまったものじゃない。今のところ大きな動きは見せていないようだけど、ちょっと気がかりではある。

「別段主が気にするようなことでもあるまい。国同士の問題は、偉そうにしている奴らに任せれば良いのじゃよ」

「そうなんだろうけど、巻き込まれるのは嫌だなぁ」

「それが嫌なら、主が自分で国を作れば良いじゃろう？」

ユノはにやつきながら言った。

「国って……簡単に言うよ……」

だけど、そうだな。もしも自分たちで国を作れたなら、彼女たち亜人がもっと住みやすい環境になるかも。

なーんて、いくら僕が貴族でも無理だけどさ。国を作るなら、他の国にも認められないといけないし、後ろ盾が必要になるしね。

そんなこんなで歩き続け、僕らは海沿いの崖にたどり着いた。波は比較的穏やかな様子だ。

「ここから飛び込む？」

「どうじゃ、サトラ」

僕とユノの視線がサトラに向けられる。

サトラは大きく海を見渡してから言う。

「はい。ここからなら案内できると思います」

「よし、じゃあさっそく準備だね」

僕は背負っていたカバンから、特殊スーツを取り出した。

体にフィットするタイプだから、着るのは少し恥ずかしい。そしてもう一つ、僕が手に持っている青くて丸い玉が水中での呼吸を可能にするアイテムだ。

「これを呑めば、一時間は大丈夫なんだっけ」

「うむ。ただし連続使用は三つが限界じゃぞ？　それを超えると体にどんな影響が出るか、ワシにもわからんからのう」

「つまり三時間かぁ。その間に都市を見つけて、交渉まで終わらせる……」

ちょっと厳しいか？　と思っていたら、サトラが笑みを浮かべて言う。

「心配はいりませんよ。都市は特殊な結界で覆われているので、普通に空気がありますから」

「そうなの？　なら、三時間以内に都市を探せばいいだけか」

「はい。探すのもそんなにかからないと思います」

「そっか。というか、サトラはその格好で大丈夫なの？」

特殊スーツに着替えた僕らに対して、サトラはおしゃれな水着姿になっていた。彼女は頬を少し赤らめ、恥じらうように言う。

「似合っていませんか？」

「ううん、むしろよく似合ってるよ」

僕がそう答えると、彼女は嬉しそうに微笑んだ。

「そういえば初めてですよね。ウィル様に、私の本来の姿を見せるのは！」

そう言って、サトラは突然海へ飛び込んだ。

「えっ、サトラ!?」

「ほれ、ワシらも行くぞ」

続いてユノが飛び込む。

僕は二人に後(おく)れまいと、地面を蹴って飛び込み、着水の前に丸薬を呑み込んだ。

ばしゃんと飛沫(しぶき)が立ち、空気の泡で視界が隠れる。

泡が消えていくと――そこには美しい人魚がいた。

髪の色と同じ桃色をした魚の尾。

幻想的で、神秘的で、僕は思わず口にする。

「……綺麗」

彼女はまさに、水の中に住むお姫様のようだった。

それから僕たちは冷たい海水に体を慣らしつつ、水を蹴って潜っていった。

水中では会話ができないので、思念を通信する魔道具を装着している。僕が右耳に付けているイヤリングがそれだ。

発動すると、頭の中で発した言葉が二人に直接伝達される。

そろそろ、地上の光も届きにくくなってきたな。

（結構暗くなってきたけど、二人とも大丈夫？）

（ワシは問題なしじゃ）

（私もです）

（それは良かった。サトラ、あとどのくらいで着きそう？）

（三十分くらいだと思います。ここからもっと潜らないといけないので）

（そうなんだ）

そうなると、帰りも含めて丸薬はもう一つ必要になるのかな。

サトラの話だと、都市内は空気があるらしいし、そんなに心配はいらないと思う。あと心配なのは、魔物がいるかどうかくらいか。

海底に生息する魔物に関しての情報は多くなく、僕も文献で目にした程度の知識しかない。

（ねぇサトラ、魔物は大丈夫なの？　都市を襲ったりとか）

（私が知っている限りでは、都市が襲われたことはなかったと思います。強力な結界で守られていますし、そもそも元から魔物がいない場所でしたから）

（道中は？）

（いくつか危険なエリアはあります。そこは避けて通っていますから大丈夫です）

（そうだったんだ。ありがとう）

僕らはさらに深く潜っていく。

岩や海草が漂う（ただよ）エリアを抜けると、一面をサンゴ礁（しょう）が埋め尽くす場所に出た。泳いでいる魚も、色鮮やかで可愛らしい種類が多くなる。

なんだか観光している気分になるな。

（これがサンゴ礁……生まれて初めて見たよ）

（主もか？）

（えっ、ユノもなの？）

（うむ）

ユノの返事に僕がびっくりしていると、サトラも少し驚いたように言う。

（意外ですね。ユノさんならなんでも知っていると思いました）

（ワシも万能ではないわ。今まで海底に潜る機会はなかったからのう）

（まぁそうだよね。それにしても綺麗だ）

（うむ。この景色は中々に絵になっておるわ）

地上の光はすでに届いていないけど、サンゴ礁の一部が淡く光っているおかげで、地面がやんわりと明るい。

（む、ここからさらに深くなっているようじゃな）

サンゴの一帯を抜けると、崖のように削られた場所が見えてきた。

ユノが覗き込むが、底は暗くてまったく見えない。同じように覗き込んだサトラが僅かに反応するが、何やら戸惑っていた。

（どうしたのサトラ？）

（いえ、この底に都市があるんです）

（そうなんだ。何か変なの？）

（おかしいんです。私が知っている限りでは、もう都市の明かりが見えているはずなんです。ここから覗き込めば、都市の輪郭くらいはわかっても良いんですが……）

サトラがそう言ったので、僕とユノは目を凝らして底を覗き込んだ。

やはり真っ暗で何も見えない。後ろに広がっているサンゴ礁のほうが明るいくらいだ。

僕らの胸を嫌な予感がよぎる。

僕は二人に告げる。

（行ってみよう。そのほうが早い）

（そ、そうですね）

動揺するサトラ。

僕とユノは警戒を強めながら、サトラの案内で底へ潜っていく。徐々に近づいていくと、微かに人工物の陰が見え始めた。

思い出すのは、今は領民となった子供たちを見つけた場所。野盗によって滅ぼされ、廃墟と化していた街。

そこと同じ景色だった。破壊され、崩れた建造物。原形を辛うじて留めている街の外観。

明かりはない。街を覆っているという結界もない。だからもちろん、空気もない。

目の前にあったのは、すでに滅んだ都市だった。

（な、なんだこれは……）

（これは酷いのう……）

（う……嘘、なんでこんな……あっ、ああ……）

（サトラ！）

取り乱しそうになるサトラを、僕は強引に抱き寄せた。

彼女にとって、故郷への帰還は望ましいことではなかった。それでも、両親に会いたくないわけではない。

もう一度会って、これまでのことを話したい。そんな期待をあざ笑うかのような現実が目の前に広がっていた。

（お父さん……お母さん――）

崩壊した街には、人が残っている形跡がない。

建物や道が激しく破壊されている。

一部には巨大な足跡のような穴が見えた。

ユノが周辺を確認してくれたけど、生存者の気配はなかったそうだ。それを聞いて、サトラの動揺はさらに強くなってしまう。

海の中では、いくら涙を流してもわからない。

どれだけ涙を流しても、海水に混ざって消えていく。

残るのは、悲しい気持ちだけだ。

僕はサトラの悲しみを受け止めるように、彼女を強く抱きしめるのだった。

5　セイレーン

崩壊した街を、僕らはゆっくり見て回った。

サトラが立ち止まったのは、彼女がかつて暮らしていた家。

二階建ての家は、二階部分が完全に破壊され、一階も半分以上が潰(つぶ)されていた。

思い出の品は失われ、懐かしさに浸(ひた)ることもできない。ただ悲しみが増すだけだった。

(サトラ……)

(……大丈夫です。もう落ち着きましたから)

彼女は笑ってそう言った。

その笑顔が偽りだということくらい、僕じゃなくてもわかるだろう。

無理をしているのはわかっている。だけど、無理はしなくていいとも言えなかった。そう言える状況ではない。

彼女はともかく、僕とユノには潜水のタイムリミットが存在している。すでに二つ目の丸薬は呑んだ。帰りの移動時間を考えると、残り一時間弱の間に、この状況を作り出した原因を突き止めなくてはならないのだ。

（原因なら一目瞭然(いちもくりょうぜん)じゃろう）

ユノはそう言うと、周りの風景を見渡しながら続ける。

（何者かの襲撃にあった……そうでなければ、こんな有様にはならんよ）

（魔物かな？）

（どうじゃろうな。先のサトラの話では、この周辺に魔物はおらんかったのじゃろう？　現にここまで一匹も見ておらんし）

（確かに……魔物が原因なら、ここを縄張りにしていてもおかしくないよね）

ならば原因はなんなのだろうか。

街の崩壊はあまりにも酷く、とても人同士の争いでは達しない域だ。所々に空いている大穴は、巨人の足跡のようにも見える。

サトラに心当たりを聞きたいところだけど……彼女は涙を堪(こら)えている。

こんな様子の彼女に、これ以上の負担はかけたくない。

（ウィル、そろそろ引き時じゃ）

（そうだね、一旦地上へ戻ろうか）

三つ目の丸薬を呑み込んで、僕らは崩壊した都市を離れた。

サトラは何度も後ろを振り返り、街の様子を確認しては悲しい表情を見せる。

きっと、夢であってほしいと思っているのだろう。

帰りのルートは、サトラがかつて陸へ上がったという道を進んだ。

たどり着いたのは無人の砂浜だ。行きに荷物を置いてきた崖へは大回りになるけど、徒歩で向かうことができる。

「荷物を取りに向かおう。それでもう――」

屋敷へ帰ろう。

そう言おうとしてユノを見ると、彼女の視線は遠くの地面を向いていた。僕も彼女の視線の先に目をやる。

「あれは！」

「うむ、どうやら……まだ希望はあるようじゃな」

ユノの希望という単語にサトラが反応する。

僕らの視線を追うように、彼女もそれを見た。

無人の砂浜に散らばる、人の足跡と魚の尾ひれを引きずった痕跡。

ユノがぽつりと呟く。

「あれはセイレーンが地上へ上がったときに残る痕跡じゃな」

サトラが進んできた道のりにも、同じような跡ができていた。セイレーンは水に浸かった状態だと、脚が魚のように変化するが、それは水中から完全に上がりきっても、一分間くらいはそのままらしい。

サトラの場合も、砂浜に上がってからしばらくは、人魚の姿のままだった。

だからこうして、尾を引きずった痕跡が残り、脚へと変化すれば足跡が残る。

「サトラ以外にもセイレーンがいる証拠じゃな。しかも往復した形跡がある」

「ってことは、生き残ったセイレーンが地上で生活してるってこと？」

「うむ、その可能性が高いのう」

ユノと僕の会話を聞き、サトラの表情に光が戻っていく。

しかし、ユノは冷たく言い放つ。

「じゃが期待をしすぎるなよ。もし生存者がいたとして、主の知人とは限らん」

「ユノ、それは――」

「事実じゃ。なんにせよ見つけ出せば、わかるじゃろう」

生きているのか、死んでいるのか。

生き残りを探し出せば、事の顛末を知ることができる。

彼女の両親が生きていればそれでよし。もしいなければ、絶望に暮れることになるだろう。

「サトラよ。知る覚悟はあるか？」

「あります。可能性が少しでもあるなら、私は知りたい」

ユノの問いに、サトラは迷うことなく答えた。

希望を希望のままで終わらせるのではなく、現実を直視する選択を選んだ。僕とユノは彼女の決意に従うことにした。

もしものときは、全力で僕らが支えよう。そう心に決めた。

「足跡は森のほうへ向かっておるな。このまま向かうか？」

「ううん、先に荷物を回収して、着替えてからにしよう」

僕らは崖上で着替えた後、砂浜へもう一度戻ってから、足跡の方向へ進む。

足跡は森に向かっていた。

僕らも森に入り、折れた枝や掻き分けられた草をたどっていく。

森の奥深くへ進むにつれ、人が通った痕跡が増えていった。

どうやら一人や二人ではないようだ。

「この先に誰かおるのは確実じゃな。後は……」

「うん。今がどういう状況で、何があったのか。それ次第で、僕らに対する反応も変わってくると思う」

「うむ。まぁサトラもおるわけじゃし、いきなり攻撃されたりはせんと思うが」

一応警戒はしつつ、進んでいく。

そして僕らは、森の中に湖を見つけた。

その湖は森によって隠されるように存在していた。

上空から探すか、偶然行きつかなければ見つからないだろう。

湖の向こう岸に、木で造られた建物が見える。とても不格好な建造物は、草やツルで覆われていて、森に同化しているように見えた。

「間違いなくあれじゃな」

「うん。ここからじゃハッキリ見えないけど、生活感はあるね」

その建物を見た瞬間、サトラは一目散に駆け出した。

「――っ！」

「サトラ!?」

期待を抑え切れなかったのだろう。サトラは僕らのことを置き去りにして走っていった。

僕らも置いていかれないよう、彼女の後を追う。

近づいていく過程で、サトラは視界に捉えたようだ。懐かしい二人の姿を――

「お父さん！　お母さん！」

そして思わず声に出した。

「その声……サトラ？」

「サトラ？」

男性が先に気付き、女性が後から振り向いた。

両親と娘の視線が交じり合う。

その瞬間、互いの脳裏には思い出がよぎっただろう。

サトラは勢いそのままに二人に抱きついた。嬉しさと安堵で脱力し、膝から崩れ落ちる彼女を、両親は二人で支えながら抱き寄せる。

「良かった……生きて、生きててくれて」

「サトラ、お前どうして……」

「私……私ぃ……」

サトラは冷静ではいられない。涙を止められず震えていた。

戸惑う父親の肩を、母親がトンと叩く。

落ち着くまで待ちましょう、とでも伝えたのだろうか。

二人はサトラが泣き止むまで、ゆっくりと待っている。

その様子を僕とユノは、少し離れた場所から眺めていた。


少し後――涙が枯れるまで泣いたサトラは、落ち着きを取り戻した。

その頃にはサトラの両親以外に、他のセイレーンたちも集まってきていた。

全員で三十人弱といったところだろうか。半数が成人していない子供だ。他は比較的若く見える人たちばかりで、老人は一人もいなかった。

場所を室内へ移し、僕らはサトラの両親の対面に座る。

サトラの両親が緊張しながら言う。

「私がサトラの父、サジンといいます」

「カヨラです。娘が大変お世話になっているようで、本当にありがとうございます」

「いえ、むしろお世話をしてもらっているのは僕ですから」

これは謙遜(けんそん)ではなく事実だ。彼女のおかげで僕は生活できているし、他のみんなも助かっている。

サトラが僕を両親に紹介する。

「ウィル様は、奴隷にされてた私を助けてくれたんだよ」

「奴隷だと？　サトラ、お前何があったんだ？」

「それは後で話すよ。その前に教えて、お父さん。私たちの故郷に何が起こったの？　他のみんなは？」

サトラが尋ねると、サジンは暗い表情を見せる。

それから重い口を無理やり動かすように告げる。

「……他のみんなはもういない。生き残っているのは、ここにいる者たちだけだ」

「そうなんだ……」

ただでさえ重かった空気がさらに重くなる。

会話が途切れてしまったが、このまま黙っていても仕方ない。僕はあえて空気を読まず、二人に対して質問する。

「よろしければ、何があったのか教えていただけませんか？」

「……はい。今から一年ほど前になります。アレはなんの前触れもなく現れました……」

「アレ？　魔物か何かですか？」

「……」

僕の質問に、サジンは言葉を詰まらせた。

そして、悩みながら答える。

「魔物……だったのでしょうか。正直、アレがなんだったのかは、直接見た私たちにもわからないんです」

「どういうことです？」

「……巨人です。私たちの街を破壊したのは、青い巨人でした」

「青い……巨人？」

僕がそう口にすると、サジンとカヨラは同時に頷く。


一年前、彼らの街では穏やかに時間が過ぎていた。サジンの言った通り、それが現れたのはなんの前触れもなかったと言う。

突然だった。

誰かが見上げながら叫んだ。

「巨人だ……巨人がいるぞぉ！」

直後、巨人の足が結界を破壊した。

さらに街の中心を踏み壊し、そのまま全てを蹂躙（じゅうりん）した。

青く丸みを帯びた手足と、目と口の部分に空洞（くうどう）が空いているだけの顔が、未だに夢に現れるとサジンは語った。

「巨人は人の形をしていましたが、頭はまったく別物でした。球体に目と口みたいな穴が空いているだけで、あれを顔と呼んでいいのかも微妙なところです」

僕はユノに質問を向ける。

「……ユノは知っている？」

「いや、そんな魔物は聞いたことがないな」

「そっか……」

ユノが知らないとなれば、その巨人は魔物ではないのかもしれない。

もちろん僕も知らない。魔物については色々な文献を読んできたけど、青い巨人なんて記述はどこにも載っていなかった。

「新種の魔物……なのかな」

「かもしれん。じゃが今のところは予想しかできん」

「それほど巨大な存在だというのに、僕らが潜ったときにも見かけなかったけど」

「そこも気になる点じゃな。巨大な魔物なら、周辺のどこかに痕跡が残っているはずじゃ。ちょうど彼らセイレーンの痕跡が海岸に残っていたようにのう。じゃが……」

僕も海底を進んだときの記憶を思い返す。

崩壊した都市を除けば、一番印象に残っているのは、あの美しいサンゴ礁だ。そこには踏み荒らされた形跡はなかった。

さすがに不自然な気がする。

「それに、見上げるほどの巨人なら、近づいてくる前に気付けたのではないか？」

「確かに……」

もう一度サジンたちに確認したが、踏み潰される直前まで、周囲には何もなかったらしい。本当に突然のことだったと何度も言っていた。

謎はさらに深まっていく……

その後僕たちは、小一時間ほど議論を交わした。

他のセイレーンからも情報を聞き、持ちえる知恵全てを活用して考えた。しかし、残念ながらそれでもわからなかった。

目撃したのは襲撃された一回限り。しかもなり振り構わず逃げてきたから、姿形以外の情報はない。進展を得られないまま、僕らは議論を中断する。

「これ以上は無駄じゃな。ウィル、そろそろ本題に入れ」

ユノに促され、僕はいつものように話を切り出す。

「そうだね。うん、そうしよう。皆さんに僕から提案があります」

「提案……ですか？」

戸惑うサジンに僕はさらに告げる。

「はい。僕の領地へ来ませんか？」

「とっても良いところだよ！　私が保証するから！」

「サトラ……」

サジンは他のセイレーンたちに視線を向ける。彼らは小さく頷き、それを確認したサジンは答えた。

「わかりました。よろしくお願いします」

そうして頭を下げる。

僕は頭を上げてくださいと言ったけど、サジンはさらに深く頭を下げた。他のセイレーンたちも同じように頭を下げている。

僕は申し訳ない気分になった。だって、この状況でさっきの質問はずるいから。

僕だって同じ立場ならそうする。

選択肢がありながら、片方は選べないようになっているみたいなものだ。

それから僕らは、彼らの荷造りを手伝った。

いつもは一週間ほど時間をおいてから移住してもらっていたけど、今回はそんなに時間は必要ない。

　荷造りに時間がかからないからだ。その日の夜には準備が整い、僕らは屋敷へと戻った。


　次の日——僕とユノは、再びあの海岸を訪れていた。

「ごめんねユノ、付き合わせちゃって」

「構わんよ。ワシも気になっておったところじゃし、主一人で向かわせるのは不安じゃからのう」

「ありがとう。それじゃ行こうか」

「うむ」

　話し終えた僕らは海に潜り、海底を目指す。

　昨日の話を聞いてからずっと気になっていた。

　青い巨人が魔物なのか、それとも別の何かなのか。僕はそれを知りたい。

　この調査のことは、ソラにしか伝えていない。他のみんな、特にサトラに言えば、自分も一緒に行くと言い出すと思ったからだ。

　彼女たちを危険な目にあわせたくなかったから、今日は王都へ用事を済ませに行く、ということになっている。

　ソラには話を合わせてもらうために全て話した。反対こそされなかったけど、心配しているのが表情でわかった。

（ソラには悪いことしちゃったなぁ）

（今さらじゃと思うがのう。それより気を抜くでないぞ）

（うん、わかってるよ）

今日の僕らは、昨日とは別のルートを通っている。

巨人の痕跡をたどるため、サトラに聞いた魔物が出現する道をあえて選択しているのだ。

とはいえ、僕らは水中での戦闘に慣れていない。

なるべく戦いたくないけど、痕跡があるとすれば、前回魔物を避けるために通らなかった危険な道のほうだ。矛盾しているのは自分でもわかっている。

（ウィル！）

前方から魚群が迫っていた。

ただの魚ではない。

虎（とら）のように鋭い牙を持つ、キラーシャークと呼ばれる魔物だ。それが十数匹で群れをなし、僕ら目掛けて突進してきている。

（任せてユノ！　僕が――）

（待つのじゃ！　右からも来ておるぞ！）

僕は右へ目を向ける。

同じくキラーシャークの群れが接近していた。

（前はワシがやる。主は右の群れを！）

（わかった！）

ユノの空間魔法は場所と場所を繋げることができる。

しかし、それしかできないわけではない。

（悪く思うな）

彼女が右手を引っ掻くように振る。

その動作だけで、空間が削り取られ、キラーシャークたちの頭が抉られる。海水ごと削られてできた空間に、死体が押し潰されるようにして集まる。

（変換魔法——）

僕も攻撃態勢に入った。

僕が変換魔法でまず生み出したのはネットだ。

楔で編み込まれたネットを放出し、キラーシャークの動きを封じる。

続けて魔法を発動。次に生成したのは、金属の槍だ。それらを、動けなくなったキラーシャーク目掛けて射出する。

そうして魔物を退けながら、僕らは崩壊した都市への道のりを進んでいった。到着するまでに三度の襲撃にあいながらも、無事にたどり着くことはできた。

しかし巨人の痕跡は見つからず、他のルートも探してみることに。

その後探索を続け、丸薬の上限三つ、三時間のタイムリミットはあっという間に過ぎ、僕らは海岸へ戻った。

「はぁ……これだけ探して成果なしか」

「いいや、それも一つの成果じゃ。少なくともこれで、青い巨人が自然に発生したわけではないと推測できる」

「そうだね。もし自然に誕生した魔物なら、多少なりとも痕跡が残っているはずだし。そうなると……」

僕とユノの脳内には、ある一つの可能性が浮かんでいた。

それを、僕らは同時に口に出す。

「「何者かに召喚された」」

「やっぱりユノもそう思う？」

「うむ、可能性はあるという程度じゃがな。ワシの知る限り、巨人を召喚する魔法など聞いたことがないが」

「……あるいは魔道兵器、イルミナ帝国が関係してるのかも」

「かもしれんのう。じゃがワシらに調べられるのはここまでじゃ。帰るぞ」

「……うん、帰ろう」

結局、今日の探索でも謎は解決しなかった。

むしろ謎がより深まったというべきか。

とはいえ、今はこれ以上調べようがない。

巨人については帰ってからも調査を続けようと決め、僕は屋敷への帰路についた。

6　東の森

セイレーンが領地に加わり、領民探しの当ても残りはロトンとニーナの二人だけになった。

ただ――

「んにゃ～、ぜーんぜん思い出せない！」

「すみません、ボクも……」

お手上げのポーズをするニーナ。ロトンも申し訳なさそうな表情を浮かべている。

二人とも故郷の記憶があまり残っていなかった。

それもそのはず、二人とも物心ついた頃には、すでに奴隷になっていたのだ。

彼女たちのような獣人は、よく奴隷市場で見かけたから、奴隷商人に尋ねればルートも把握できるかもしれないけど、おそらく教えてくれないだろう。

「ウィル様待っててね！　なんとしても思い出すから！」

そう言いながら、ニーナは記憶よ出てこい、とばかりに自分の頭をポンポン叩く。

「叩いちゃ駄目だって！　大丈夫、覚えてないものは仕方がないよ」

「うぅ～　ごめんなさい」

しょんぼりするニーナ。ロトンも申し訳なさそうな顔をしている。

その後、二人は自分たちの仕事へ戻っていった。

僕は一人執務室で作業しながら、先のことについて考える。

領民探しは今のところ順調。

それは全部、当てがあったからだ。ニーナとロトンが思い出せない以上、これからは一から探さなくちゃならない。

ただ、人数は着実に増えてきているので、無理して探しに行く必要は、今のところないのかもしれない。

もう少し街造りが進んで、落ち着いてからでもいいのかな。

そんなことを考えていると、トントンと扉をノックする音が聞こえる。

「はい」

「セレクです。入ってもよろしいでしょうか？」

「どうぞ」

ガチャリと扉が開いて、セレクが中へ入ってきた。

「ウィリアム様、頼まれていた衣類が完成しました」

「えっ、もうできたんですか？」

「はい。まだ人数分しかありませんが」

「いやいや、十分ですよ！　むしろ早すぎてビックリしました。お疲れさまです」

「ありがとうございます。では、私はこれで失礼します」

「はい。あっ、ちょっと待ってください。セレクさんは、他の亜人種の方々がどこにいるのか、ご存知だったりしませんか？」

セレクたちはずっと雪山で生活していたわけだし、外からの情報なんて得られなかっただろう。

完全に駄目元だった。

「他の方々ですか……犬の獣人と猫の獣人が一緒になって大きな集落を形成している、という噂なら聞いたことがありますよ」

ところが、セレクは貴重な情報を持っていた。

「えっ、本当ですか!?　場所は、どこか知っていますか？」

「え、えぇ……地図はありますか？」

僕は急いで机の引き出しを開け、地図を取り出して広げた。

そこにセレクが指をさす。

「この辺りだったと思います。ただ……かなり前に聞いた話なので、今もあるかどうか」

「前というのはどのくらいなんです？」

「我々が雪山に逃げる前です。ですからかなり前になりますね」

「そうなんですね……いや、でも十分な情報ですよ」

仮に現在はなくなっていても、痕跡を追うことはできるかもしれない。

「ありがとうございます。セレクさん」

僕はすぐにニーナとロトンを呼んだ。二人にセレクの話を説明し、明日には探索へ出発したいと提案する。

「二人とも来てくれるかな？」

「もちろんだよ！」

「は、はい！」

「うん、ありがとう。じゃあ今話した通り、明日の朝には出発するよ」

その後、僕はユノにも経緯を伝えて準備を始めた。


次の日——僕らはユノの扉を潜り、目的の場所付近へ移動した。セレクが地図で示した東の地は、どの国にも所属していない広大な森が広がっている。

「この辺りは昔から変わらんのう。人里からも随分離れておったし、手付かずの自然が残る場所じゃな」

僕はユノに頷いて応える。

「そうみたいだね。でも意外だな、これだけ広い土地があるなら、どこかの国が欲しがりそうなのに」

「そうしない理由は魔物じゃろうな。手付かずじゃったからこそ、魔物もスクスクと成長できる」

「今のところ魔物は見かけていないけどね」

「うむ。じゃが痕跡はチラホラ見つかっておる。警戒は怠るでないぞ」

「うん。ニーナとロトンも——ってあれ？」

隣を一緒に歩いていたはずの、ニーナとロトンがいない。慌てて立ち止まった僕とユノは、後ろを振り向いた。

「ねぇ見てロトンちゃん！　あそこにリスがいるよ！」

「ほ、本当だ！　ボク初めて見ましたよ」

「可愛いよね～。あっ！　あそこに何かある！　鳥の巣かな？」

「雛が見えますね。親鳥が飛んできましたよ！」

二人は楽しそうに話しながらゆっくりついてきていた。逸れていなかったことに安心する反面、緊張感のなさに呆れてしまう。

「あの二人はいつも通りじゃな」

「みたいだね」

心配だけど微笑ましくもある。僕は、これが遊ぶ子供を見守っている気分なのか、と密かに思った。


僕らが進んでいる森は、人の手が一切入っていない自然だ。

だから整備された道なんてない。

僕らも草木を掻き分けながら、いわゆる獣道を歩いている。

魔物の痕跡には注意しつつ、なるべく遭遇しないように気を配る。

はしゃいでいたニーナとロトンに、魔物がいるから気を付けるようにと伝えた。すると、さっきまでのはしゃぎようが嘘みたいに、シュンと静かになった。

ユノが神妙な面持ちで尋ねてくる。

「のうウィル、一つ聞いても良いか？」

「何？」

「気のせいやもしれんが、さっきから同じところをぐるぐる回っておらぬか？」

「……やっぱり？」

「……迷ったのう」

森に来てから一時間くらい経過していた。

セレクが示した場所を目指していたわけだが、どうやら道に迷ってしまったらしい。いや、そもそも道なんて存在しないのだけれど。

魔物を避けていく中でどっちの方向へ進んでいるのか、知らぬ間に曖昧になってしまっていたようだ。

「どうしようかな」

内心僕は焦っていた。

しかしニーナとロトンの手前、取り乱して不安にさせるわけにもいかない。

「ユノ、方角はわかる?」

「方角は太陽の位置で大体予想できる。じゃが現在地がわからんのでは、どっちへ進めば良いのかもわからん」

「そうだよね……」

これは困ったな、八方塞がりだ。

せめて人の痕跡でもあればたどれるんだけど、見つかるのは魔物のものばかり。人が暮らしている形跡は見当たらない。

「あ、あのウィル様」

困っている僕に、モジモジしながらロトンが声をかけてきた。

そのままこう続ける。

「み、道はこっちで合っていると思います」

「え、どうしてわかるの?」

「えっと、ボクたち以外の匂いがするんです。それがどんどん濃くなってるから」

「匂いじゃと? あーそうじゃったな、主らは鼻が良いんじゃった」

「は、はい」

ロトンたち犬の獣人は、亜人種の中でも嗅覚が非常に発達している種族だ。

僕らでは感じ取れない匂いも、彼女はかぎ分けることができる。人の残した形跡は、何も目に見えるものだけじゃない。匂いもそのうちの一つだ。

僕はすっかり失念していた。というより、頼ることを頭に入れていなかった。

彼女たちには特技があって、僕にはできないことができるんだ。守ってあげなきゃいけないほど、弱い存在ではない。

「ロトン、案内頼めるかな？　僕じゃ迷っちゃうから」

「お、お任せください！」

ロトンは嬉しそうに答えた。

尻尾を左右に振りながら、先頭に立って案内を始める。

頼ってもらえたことが嬉しいのだろう。

僕らは彼女に従い、生い茂る森を真っ直ぐに進んだ。

彼女がたどっている匂いの先に、獣人の集落があるのだろうか。

それから三十分ほど進むと、同じ景色だった森に変化が見られるようになってきた。

明らかに人の手で切り倒された木があり、道のような空間ができている。

さらには人が踏み荒らした跡もわかるほどになってきた。誰かが生活していることが確定する。

そして――

「ウィル様！」

「うん、見つけたね」

ロトンが指をさしている。

森がまるっとくり抜かれたように造られたスペースには、集落が形成されていた。木と藁（わら）でできた簡素な家がたくさん、不規則に建てられている。

近くには川が流れていて、小さいながら畑もあるようだ。ニーナと同じ猫耳の少女が駆け回り、ロトンと同じ犬耳の少年がそれを追いかけている。楽しそうに遊ぶ子供たちの傍らで、大人たちはせっせと働いていた。

「ねぇねぇ早く行こうよ！」

「ちょっとニーナ、慎重にいかないと――」

そのとき、僕はニーナに迫る殺気を感知した。瞬時に彼女の手を掴（つか）んで引き寄せる。間一髪、振り下ろされた槍を躱（かわ）した。

「大丈夫か？」

「う、うん……」

怪我はないようだ。

ほっとした直後、彼女へ切りかかった者への怒りがわき上がる。睨むような目つきになって、僕は叫ぶ。

「お前たちなんのつもりだ！」

すると、獣人たちは声を荒らげた。

「なんのつもりだと？　それはこちらのセリフだ」

「人間が俺たちの村へ何をしに来た？」

最初にしゃべった背の高いほうが、黒いツンツンの髪に、鋭い目つきをした犬獣人の男。

隣に立つもう一人の男は、真っ白な耳と尻尾が特徴的な猫の獣人。二人は明らかに敵意を向け、僕らの前に立ち塞がっている。

「主よ、少し落ち着くのじゃ」

「ユノ、でもこいつはニーナを」

「じゃから落ち着けと。冷静に考えてみろ、奴らからすればワシらは侵入者じゃぞ。不用意に近寄ったんじゃ、文句は言えん」

「そうだけど……」

「それに主はここへ喧嘩をしに来たのか？」

「……そうだね。うん、ごめん」

ユノに諭されて、僕はようやく冷静になれた。

ニーナを攻撃され、明らかな敵意を向けられて、頭に血が上りかけていた。

そうだよ、僕は戦いに来たんじゃない。領地へ誘いたくてここまで来たんだ。

せっかく到着したのに、その目的が果たせなくなるところだったよ。僕は大きく一回、深呼吸をした。

7　獣人の国

冷静になってから、僕は彼らに頭を下げる。

「先の非礼をお詫びします。僕はウィリアム・グレーテルと言います。あなた方に話したいことがあってここへ来ました」

僕がそう言うと、二人は眉間にシワを寄せる。

「なんだこいつ？　急にしおらしくなりやがって」

「話だと？　お前のような人間が、俺たちに何を話すつもりだ？」

猫獣人に続いて犬獣人のほうが僕にそう尋ねた。

僕は頭を上げ、真剣な表情を作ってこう答える。

「僕の目指す理想、亜人種の方々が不自由なく、幸せに暮らせる街を造る。そのために皆さんにも協力していただきたいのです」

二人は耳を疑ったようだ。無言で僕を見つめた後、クスリと小さく馬鹿にするような笑い方をする。

「何を言い出すかと思えば……笑わせるなよ人間」

「そうだぜ、ふざけるな！　そんな言葉に騙されると思ってんのか！」

二人は僕の言葉を信じようとしなかった。嘘だと決めつけ、怒りを露わにする。それでも僕は目をそらさず、誠実な心で言う。

「嘘ではありません。僕は本気で思っています」

言葉ではなんとでも言える。

だけど僕は、そう言い続ける以外にないと思った。一歩も引くつもりはなかった。そんな僕の姿に、彼らは一瞬たじろぐ。

しかし――

「人間の言葉など信用に値しない」

「そんなこと言って！　どうせ俺たちを騙そうっていうんだろ！」

彼らは武器を構えてしまう。

やはり言葉で思いは伝えられないのか。

彼らの中に、人間に対する不信感が強く根付いていることがわかる。これ以上は、無益な争いを生んでしまうかもしれない。

ユノもそう感じたのか、そっと僕の袖を引っ張ってくる。

僕もここが引き時かと思った。

「待たんか！　ゴズ、メズ」

二人の後ろから掠れ気味の男性の声が聞こえてきた。その途端、二人はピクリと反応して武器を下ろす。

「「長！」」

年老いた犬獣人の男性が、赤い髪の犬獣人に付き添われて歩いてきた。

長はゆっくりと近づきながら、二人を諭すように言う。

「その者は嘘を言っておらん。嘘を吐く人間の目は、お前たちもよく知っておるはずじゃ」

「し、しかし長！」

「良い、武器を収めるのじゃ」

「「……はっ！」」

二人は膝をつき、長の前に道を開けた。

彼らの間を通って、長ともう一人が僕らの前に立つ。

「よくぞ参られた。わしが村長のクロガネじゃ」

話し方はユノとよく似ていた。

ユノの口調は可愛らしく思えるけど、クロガネと名乗った彼の場合は、髭(ひげ)を生やした老人だからか、異様な風格を感じる。

「ウィリアム、と名乗っておったようだな？　わしの家で話を聞こう」

「はい、ありがとうございます」

長は僕らを室内へと案内してくれた。

その道中は、先ほど襲ってきた二人も付いてくる。ピリピリと敵意を背中から感じるので、ひと時も気が抜けなかった。

そして家に到着すると、長と赤髪の犬獣人だけが中へ入り、僕らもそれに続いた。

ちなみに後から知ったけど、僕らを襲った二人。犬獣人のほうがゴズ、猫獣人のほうがメズという名前らしい。

二人は種族こそ違うが、幼い頃から一緒に育った義理の兄弟だそうだ。

案内された家は、とても質素で暗かった。

窓を開けて隙間から日差しを入れないと、昼間でも真っ暗になるんだろう。僕らは木で作られた椅子に座り、向かい合って話を始める。

「では、先ほどの話を詳しく聞かせてもらおうか？」

「はい」

僕はいつも通りに話した。

長は一度も驚くことなく、淡々と耳を傾けていた。

全部を話し終わると――

「なるほど、随分面白いことをしているようじゃな」

「面白い、ですか？」

「面白い、というより可笑（おか）しいと言ったほうが良いか。そのような考えを実現させようなど、普通は思いついても実行に移せないじゃろう」

「そう……ですね。僕は環境に恵まれていましたから」

僕は笑顔でそう言った。

すると、僕の隣にいるニーナたちが、少し寂しそうな表情を見せた。

恵まれていると、僕がそう口にしたからだろう。

そんな彼女たちの様子を見て、長も何かを感じ取ったらしい。

「そちらも苦労はあるようじゃな」

「えっ？」

「なんでもない、独り言じゃ」

「……？　えっと、それでどうでしょうか？　協力のほうは……」

長は腕を組んで無言で考えている。

そして一回小さく頷いて答える。

「悪くない話じゃな」

「それじゃあ！」

「だが、協力するかは話が別じゃ」

長は語気を強める。

「見ての通り、わしらはここで生活が成り立っておる。今のところは不便は感じておらん」

「そう……なんですね」

「それに、なんといってもそなたは人間じゃろう？　もうわかっていると思うが、わしらの中には人間を快く思っていない者も多い」

それはあの二人の態度を見れば明らかだった。

そういう態度を取られても僕は構わないけど、領地にはソラもいる。彼女までそういう目で見られるのは、正直嫌だ。

この時点で僕は、彼らを誘うことを八割方諦めていた。そんな僕に、長はニヤッと笑みを浮かべて言う。

「しかしまぁ、そちらの話が悪くないのも事実じゃ。そこでじゃ。そなたとわしらで力試しをせんか？」

「えっ、力……試し？」

「弱肉強食、それがわしらの世界での唯一の掟じゃ。自然と共に生きるわしらにとって、強さこそが絶対的な正義。弱き者は強き者に従う。そなたらが、わしらに強さを示せるのであれば、皆もそなたらに従うじゃろう」

「そ、そんなことで？」

「そういう生き方をしてきたのじゃ。だが簡単ではないぞ？　もしもそなたらが負ければ、反対にわしらに従ってもらうからな。どうじゃ、受けるか？」

予想外の提案に、僕は少し考えた。

長の表情からして、相当に自信があるのだろう。もし負ければ、という部分がどうしても引っかかってしまう。

僕は傍らにいるユノたちに視線を向けた。

「主の好きなようにすれば良い。ワシらはそれに従うまでじゃ」

「ユノ……」

ニーナとロトンが、僕を見て頷く。

「恐れることはない。勝てば良いだけの話じゃ」

「……そうだね」

ユノたちに後押しされ、僕は覚悟を決めた。

「受けます。その力試しを」


話が済むと、クロガネは早々に準備を始めた。村の全員を集め、僕らを囲んで円を作る。円の中心には僕ら三人と長、そして――

「そなたの相手はわしの息子である、このイズチが務めよう」

長の隣に控えていた赤髪の犬獣人。

背丈は僕より数センチ大きくて、細身だけどガッチリしているように見える。冷静沈着な雰囲気をかもし出す一方で、瞳の奥で静かに闘志を燃やしている。

「イズチがこの村一番の兵(つわもの)じゃ。これに勝てれば、皆も認めるじゃろう」

イズチは無言のまま、じっと僕を見つめている。

ゴズやメズと違って敵意は感じない。どういう気持ちで僕を見ているのかわからない。

少し目を合わせていたけど、じっと見ているのは気まずくて、そっと目をそらす。

「力比べと言っていましたが、具体的には何をするんですか？」

「単純じゃよ。代表同士の一騎打ち、先に一撃当てたほうを勝ちとする。武器が必要ならここから選ぶと良い。それと、魔法も好きに使って良いぞ」

長の後ろから、長い木の箱を村人二人が運んできた。そこには木製の武器がたくさん入っていた。

「木の剣に槍……他にも色々ありますね」

「普段稽古で使っておるものじゃ。木でできておるが、当たればただでは済まんぞ？　やめるなら今のうちじゃ」

「まさか。男に二言はありませんからね」

「ふっ、言いよるわ。そちらの代表は、そなたで良いのか？」

「ええ、もちろん」

そう返答すると、長は口元に笑みを浮かべる。

「ならば準備せよ。わしらは下がるぞ」

そう言い残し、長が一足先に円の外側へ歩いていく。ユノたち三人は、僕を見つめながらそれぞれ応援してくれる。

「見ておるぞ」

「ぜーったい負けないでね！」

「け、怪我はしないでください」

「うん、ありがとうみんな」

彼女たちの言葉を胸に、僕はイズチと向かい合う。

彼が手に取ったのは木剣だった。僕も同じものを握り、間合いを取るため一旦離れる。木剣を構えながら、長からの開始の合図を待つ。

「俺個人の意見を言えば――」

彼は一旦黙ると、さらに続ける。

突然、イズチが話しかけてきた。

「あんたの提案に乗っても良いと思っている」

「へぇ……それはまた、どうして？」

「目が気に入ったからだ」

「目？」

「そう……あんたの目からは、困難に立ち向かう覚悟を感じた。自分の掲げている理想が、どれだけ険しい道のりなのかを理解して、それでも挑もうとしている男の目だ」

イズチは、僕を真っ直ぐ見つめながら、誠実に言葉を口にしているようだった。僕はその誠実さに向き合うように、視線をそらすことなく聞き続けた。

「そういう目は嫌いじゃない」

「そっか……なら、これも僕の勝ちってことで終わりにしないかい？」

「それは無理だ。俺はみんなの代表なんでな。負けるわけにはいかないんだよ」

「まぁそうだよね」

なんとなく、彼とは気が合いそうな予感がした。

向こうも同じことを思ったのか、一緒のタイミングで小さく笑う。たった少しの会話でも、通じ合うものはあるらしい。

「一つ疑問なんだけど、君たちの長は僕らに何を要求するつもりなんだろうね？」

「さぁな、少なくとも酷いことじゃない。親父はそんな器の小さい男じゃないからな。それに、心配しなくてもすぐにわかると思うぞ」

「そうだね。僕が勝った後に、直接聞けば良いか」

僕らはもう一度小さく笑う。

イズチとは通じ合うものがありそうだ。でもだからこそ、互いに譲れないものがある。

それを守るため、勝ち取るために剣を握る。

一抹の静寂が過ぎて――

「始めっ！」

戦いの鐘が鳴った。

僕とイズチはほぼ同時に駆け出した。互いの木剣がぶつかり、鍔迫り合いになる。

力ではイズチが勝っているようで、僕は徐々に後ろへ押されてしまう。

僕はあえて後ろへ跳び、イズチとの間に距離を作ろうと試みた。

しかしイズチも僕の動きを読んでいたらしく、即座に対応して追撃してきた。

イズチの攻撃は、留まることを知らない。しかも一撃一撃がとても重い。さらには恐ろしいほどに速い。まるで雷が何度も落ちるようで、その速さと衝撃に圧倒されてしまう。

「ぐっ……」

彼の強さは本物だった。

僕は彼の攻撃を受け止めるたび、長が言っていた一言を思い出す。

彼らはこの森で生き抜いてきた。今日までずっと、魔物が行き交う森で、戦いながら生きてきたんだ。そんな彼らの代表が弱いなんてありえない。

それでも、僕だって負けていない。

剣術は小さい頃からずっと習ってきた。最初は魔法が使えないと思っていたから、剣術で補おう

と躍起になったのだ。あの頃の努力は決して無駄にはなっていない。

何より——負けるわけにはいかない！

僕は心で叫びながら、本気で木剣を振り下ろす。

それを受け止める彼の剣にも、同じように負けられないという覚悟が宿っていた。

僕たちの戦いは、さらに加速していく。剣と剣を交えるたび、撃ち合うたびに響く音が、僕らの心まで届きそうだ。

戦いの中で、イズチは僕に言葉を投げかける。

「あんたは強いよ。だけど、あんたは戦いを楽しんでいないよな？」

「君は楽しんでいるのかい？」

「ああ、そうだとも。戦いは楽しい。特に、あんたのような強者との戦いは、俺の心を高揚させてくれるからな」

そう言いながら、イズチは笑っていた。

激しい戦いが続く。どちらかの勝利が、どちらかの敗北を決定づける。そして同時に優劣が決まり、運命が決まってしまう。

大役を授かり、責任を押し付けられているのに、彼は戦いを楽しんでいた。そんな彼が笑顔で向ける視線の先には、苦しそうに戦う僕の顔があるはずだ。

イズチが僕に問う。

「理解できないな。それだけ強いのに、なんでそんなに苦しそうなんだ？　もっと楽しめば良いのに」

「楽しむ？　そんな余裕、僕にはないよ」

イズチの表情を見ていればわかる。

彼は本当に、戦いを楽しんでいるらしい。僕は彼とは違う。

僕にとって戦いは楽しいものじゃない、ただただ辛いだけだ。誰かを傷つけてしまうことが怖いんだ。

僕だって怒りや恨みで感情が高ぶり、激情を露わにして戦うときもあるけど、積極的に戦いたいとは思わない。

ましてや同じ人、罪も恨みもない相手となんて、できれば戦いたくはないんだ。

イズチは淡々と告げる。

「あんたは戦士じゃないんだな。ただ強くて優しいだけの人間だ。それじゃあ俺には勝てないぞ」

「くっ……」

イズチの剣はさらに強さを増していく。

さっきまでは楽しむためか、少し手を抜いていたようだ。

緩めていた手を強め、僕を倒すために追撃してくる。

もうわかっている。彼は僕よりもずっと強い。

このまま戦えば、きっと僕は負けてしまうだろう。だからって、負けても仕方がないのか？　そんなわけがない。

「うおおおおおおお！」

「なんだ？　そんな顔もできたのか」

顔なんて気にしていない。

僕はただ、がむしゃらに剣を振るう。

自分が彼より劣っていることはわかった。だけど、弱いことが負けていい理由にはならない。劣っていることが、投げ出してもいい理由にはならないんだよ。

戦いの最中、ニーナ、ロトン、ユノの顔が視界に入る。

ニーナとロトンは、今にも叫びそうなほど苦しい表情をしていた。心配させてしまっているのがわかる。ユノの表情も険しい。

ああ……まただ。

僕はまた、彼女たちを不安にさせてしまっている。もっと僕が強ければ、あんな表情をさせずに済んだのかな。

それでも信じていてほしい。僕は負けないから。

僕は気迫と高ぶる感情で剣を振るった。

しかし――

「足りないな!」

大きな実力差が、気持ち一つで埋まることはない。勝ちたい思いが強くても、勝てる強さがなければ負けてしまう。

現に僕の渾身の一撃は、イズチによって払われてしまった。

木剣が僕の手を離れて宙を舞う。武器を失った僕を見て、観客が歓声を上げる。イズチも、次の一撃が決まることを確信したのか、戦いへの名残惜しさを感じているみたいだ。

だけど――

「変換魔法――」

「なっ……」

イズチは気付いた。

弾き飛ばしたはずなのに、僕の手には剣が握られていることを。

これが、僕とユノたちしか知らない、僕が他者より勝っている力だ。

「うおおおおおおおお!」

剣を振り下ろす。

イズチの剣よりも速く、僕の剣が彼に届いた。

どさっ……イズチは地面に倒れ込む。

イズチは大の字になって空を見上げ、そのまま僕に尋ねる。

「なんだよ今の……剣は確かに吹き飛ばしたはずだろ」

「はぁ……はぁ……」

息も絶え絶えの僕は、彼の質問にすぐ答えられなかった。

倒れたイズチは、僕が手に持っている剣とは別に、遠くのほうで転がる剣を見つける。それから僕は答える。

「魔法だよ。僕の魔法で、もう一本剣を生み出したんだ」

「ああ……やっぱりそうか。やられたな……」

「ごめん。そうでもしないと、隙を作れそうになかったんだ」

「なんで謝るんだよ？　魔法は使ってもいいって、最初からルールで言われてたろ？　まさか卑怯(ひきょう)なんて言うと思ったか？」

「……君が言わなくても、僕はそう思ってるよ。それでも、負けるわけにはいかなかったんだ」

「ふっ、真面目だなぁ、あんたは……俺の負けだ」

そのとき、長がコールした。

「勝者――ウィリアム！」

直後に歓声が聞こえてくる。

全身に疲れが溜まっていて、立っていられなくなった僕は、そのまま後ろへバタリと倒れ込む。

歓声の中で、ユノたちが駆け寄ってくるのが見えた。

ニーナが三メートルくらい手前から思いっきりジャンプして、僕の胸に飛び込んでくる。

「ウィル様ぁー！」

「うっ！」

あまりの勢いに思わず声が漏れてしまった。その様子を見て呆れるユノと、あわあわと戸惑うロトン。

「ちょっ、どいてくれない……」

そう言っても、ニーナは離れようとしなかった。

「やったやったー！　ウィル様勝ったんだよ！　すごかったよ！」

「ニーナ……はぁー」

僕はため息を零(こぼ)して脱力した。

やれやれ、そんな風に喜ばれたら怒る気にもなれないじゃないか。

「お疲れさまじゃのう、ウィル」

「ウィル様、格好良かったですよ！」

「ユノ、ロトン……ありがとう。心配かけてごめんね」

「ふんっ、ワシは心配などしておらんよ」

ユノは両手を組んで言う。

「主なら勝つと、信じておったからのう」

「ははは、そっかぁ。うん、ならよかった」

僕らは笑い合う。

そこへ長が近寄ってきた。

「見事じゃった」

「クロガネさん……」

「まさか、我が息子に勝ってしまうとはな」

すると、イズチが長に向かって申し訳なさそうに言う。

「すまない親父、負けちまった」

「謝る必要はない。お前も手は抜いておらんかったのじゃろ？」

「ああ、もちろん。俺は全力で戦った。そんで負けたんだ」

「ならばそういうことじゃ」

二人の会話が一区切りついたところで、僕は小さく不安を漏らす。

「これでみんなに認められるのかな……」

勝利した喜びよりも、そっちのほうが気になっていたのだ。

「心配はいらぬ。見てみよ、皆の様子を」

長に言われ、僕らを囲っている村人たちの表情を見た。

彼らが僕に向ける視線が、最初とは明らかに違っていることに気付く。

一番驚いたのは、ゴズとメズの二人だ。彼らは僕に敵意しか向けていなかったのに、今となってはそれを一切感じない。

それどころか、真っ直ぐに好意的な視線を僕に向けていた。

ここまで変化するのか、と正直動揺を隠せない。

「最初に話した通り、わしらの世界は弱肉強食じゃ。そなたは力を示し、かつ正々堂々と戦った。もう疑う者はおらんよ」

長の言葉通りだった。

もはや一人として、僕らを敵として見ている者はいない。それを嬉しく思うと同時に、心強いとも感じた。

彼らのような戦士が僕の街にいてくれたら、他のみんなが安心して暮らせるだろう。僕が体を起こすと、イズチも同じタイミングで起き上がった。互いに目が合う。

「これからよろしく頼むよ。領主様」

「ウィルでいいよ」

「いいのか？　一応俺たちは、あんたの下につくんだぞ？」

「そうだけど、君とは普通に……友達になりたいと思ったんだ。駄目かな？」

「……いいや、こっちこそだ」

戦う前も、戦っている最中も、彼とは馬が合うような気がしていた。

だから領主とか関係なく、友人になりたいと思ったんだ。そして彼も、同じように思ってくれていたらしい。

彼が手を差し出してくる。

「じゃあよろしくな、ウィル」

「うん、こちらこそよろしく。頼りにしてるよ、イズチ」

僕らは握手を交わした。通じ合った心を、互いの力強い手で確かめ合うように――なんて少し恥ずかしいけど、嬉しくもあった。

「さぁ！　今日は宴（うたげ）としよう！」

長がそう言うと、またしても歓声が上がった。宴という単語を聞いた僕は、あることを思いついて提案する。

「あっ、それなら――」

その日の夜、場所を移って僕は今自分の街にいる。

屋敷の前には集められた領民たちの姿があった。エルフ族、ドワーフ族、狼の獣人、セイレーン、それから犬獣人と猫獣人。

彼ら彼女らの手には、飲み物の入ったコップが握られている。目の前には大量のご馳走がずらり。

「ウィル様、音頭(おんど)をお願いします」

「えっ、僕？」

「ウィル様以外に誰がいるんですか」

「そうだよね」

ソラに言われ、僕は一回咳払いをする。

「それじゃっ――乾杯！」

「「かんぱーい！」」

カンッ、とコップ同士が当たる音。そうして大宴会がスタートした。

宴を開こうというので、どうせならみんなで盛大にやらないか、と提案して現在に至っているわけだ。まだまだ完成途中の街並みを眺めながら、僕らは楽しく盛り上がる。

色々な種族同士で集まり、笑い合いながら過ごしていた。

初めは何もない荒野だったのに、こんな光景が見られるなんて、我ながら信じられない。僕は一人、その光景を横目に夜空を見上げていた。

「ウィル、隣良いか？」

「いいよ」

そこへやってきたのはイズチだった。彼は隣に座り、僕のコップの中身を見て言う。

「なんだ、全然飲んでないな」

「あーうん、どうもお酒ってあんまり好きになれなくてね」

「ふぅ～ん、そうなのか」

成人して飲酒が認められる年になったけど、お酒の味には慣れなかった。アルコールに弱いわけじゃない。でも、なんというか独特の風味が好きになれない。僕の舌はまだ子供のままらしい。

「交ざらないのか？」

「うん、さすがに疲れてるからね。イズチは？」

「俺も同じだ。あれだけ戦ったのは久しぶりだったからなぁ」

「そうなんだ……ありがとう、僕の友達になってくれて」

「なんだよ急に……改まって」

「イズチが初めてなんだよ。男で僕の友人になってくれたのは」

「そうなのか？」

「うん」

僕は落ちこぼれで、変わり者と呼ばれてきた。だからメイドとして仕えてくれている子たちやユノ以外は、誰も僕と友達になろうとしてくれなかった。

「だったら光栄だな」

「光栄……そんな風に言ってくれた人、今までいなかったなぁ」

「これから増えていくさ。もっとな」

「……そうだといいなぁ」

僕らは静かに乾杯をした。僕はこのとき生まれて初めて、男同士の友情というものを感じることができた気がする。

8　建築を急げ！

犬獣人と猫獣人、総勢五百六十人が領民に加わった。

元長の息子イズチとも友人となり、領民集めは順調に進んでいる。ただし、街造りのほうは少し問題が起きていた。

僕はギランとそのことについて話す。

「いや、別に問題ってほどじゃねぇけどな。最近だいぶ寒くなってきてやがるだろ？　そろそろ住居だけでも完成させないと、みんな凍えちまうなと思ってな」

「あー確かに、そういえば日が出ている時間も短くなってきているね」

現在は九月の中旬。日が過ぎるごとに、少しずつ気温が低下してきている。

長袖の服じゃないと、夜は眠れないくらいになっていた。

雪山ほどではないが、いずれ雪も降ってさらに寒くなるらしい。

それにもかかわらず、住居はまだ土台が出来上がった程度だ。わかっていたことだけど、やっぱり一日二日で完成するほど、街造りは簡単じゃない。

「だがまぁ、旦那のおかげで人手は増えたからな。こっから急ピッチで進めるぜ！」

「そうだね。みんなにも手伝ってもらえるように伝えるよ」

僕がそう返答すると、ギランは話題を変える。

「ところで、他の奴らに確認してほしいことがあるんだが、頼めるか？」

「もちろんいいよ。何を聞けばいいのかな？」

「この紙を渡すから、それぞれの種族の奴らに、どんな環境に住んでたのか書いてもらってきてほしいんだよ。住居造りの参考にしてぇからな」

「えっ、わざわざそんなことまで？　大変じゃないの？」

「そりゃー大変に決まってんだろ？　だが、家っていうのは全部同じで良いわけじゃねぇんだよ。種族によって住みやすい環境があるからな」

僕はなるほどと思った。勢いに任せて色んな種族を引き入れたけど、そういうことも考えないといけないんだよね。

「さすが建築のプロだね」

「まだなんにもしてねぇよ。そのセリフは、完成したもんをちゃんと見てから言ってくれ」

「わかったよ。じゃあ聞いてくるね」

「おう！　頼んだぜ」

　ギランと話し終えて、僕は駆け足で領民たちに会いに向かった。

　その後、それぞれから聞いた情報をギランに伝えた。話し合った結果、種族ごとに住居エリアを分けよう、という話でまとまった。

　せっかく同じ街に集まっているのにもったいないけど、やっぱり種族が違うと住みやすい環境も変わってくる。全部を一緒にすることが、必ずしも正しいとは限らない。

　さっそく作業に入る。最初に取りかかるのはエルフのエリアだ。

　エルフたちの要望にあったのは、木製の建造物であること。さらに植林エリアの近くだと嬉しい、ということだった。それらに従い、彼らの居住エリアは植林エリアの隣に決定した。

　僕はギランに尋ねる。

「どんな感じにするつもりなの？」

「うーん、そうだな…木造建築ってだけなら簡単なんだよ。でもそんだけじゃ足りないよな？」

「そうなの？」

「ほれ、森と一緒に生きてきたっつってただろ？　なら、普通の木造建築じゃ足らないってことだ。いっそのこと、この辺り一帯に木を植えまくるか？」

「それはどうかな。あんまり背の高い木だと、他のエリアに影響が出るよ？　日光が遮られちゃうとか」

「まっ、そうだろうな。今のは冗談としても、草木を上手く融合したエルフらしい家を造ってやりたいよな〜」

「そうだね……あっ！」

ギランとの会話の中で、僕はふと思い出したことがあった。それを彼に見せるため、屋敷のほうへと駆け出す。

「お、おい！　どこ行くんだ、旦那！」

「ちょっと待ってて！　すぐに戻るから！」

僕は振り返ることなくそう叫んで、屋敷の中へと入っていく。向かったのは書斎だ。いくつもの本が並ぶ中で、図鑑の棚の前に立つ。

「えっと、確かこの辺りに……あった！」

僕は一冊の分厚い本を手に取った。植物について書かれた図鑑だ。それを持ち、急いでギランのもとへ戻る。

「お待たせ！」

「おう旦那、急にどうしたんだよ」

「ごめんね。えっと……これ！　これを見てほしかったんだ！」

僕は図鑑をパラパラ捲り、とあるページを開いて彼に見せた。

「ん？　なんだこれ、木か？」

「うん。珍しい形をしているけど、幹が太くて根がしっかりしているんだ。高さもそこまで高くないし、住居に使うならピッタリじゃないかな？」

「おぉ～　確かにいいかもな」

図鑑に記されているのは、グヴェールと呼ばれる木だった。蛸足のような根を持ち、円蓋形に育つ。どんな環境でも育つとされ、寒さにも熱にも強い。一年を通して環境が変化するこの土地でも、育てることができる。

「木のほうは僕が魔法で作るよ」

「頼んだぜ。ならこっちは、建物のほうを考えるとするか！」

僕らは作業に取りかかった。まず僕がグヴェールを変換魔法で生み出し、エリア一面に植えていく。ギランがその様子を眺めながら、建築イメージを固めていく。

ツリーハウスを改良した家を、いくつも造ることになった。高さや大きさも、木に合わせて変え、梯子や橋で繋いで立体的に移動可能にする予定だ。

「電気の配線と、あとは水も引いてこないと駄目だな」

「パイプも木で作るの？」

「いや、普通に鉄で作る。上から木に近い色を塗れば、そんなに目立たねぇよ。こっちは大体決まったし、次へ行くか」

「うん」

エルフエリアの建築は、他のドワーフたちに任せて、僕とギランは次のエリアへと向かった。

続いては狼獣人の居住エリアだ。

場所の指定はなかったので、位置は適当に決めた。要望は、ある程度風通しの良い家、というものだった。

「風通し、通気性ってことなら、やっぱり木造建築が一番だな。なんだっけか、レッドウッドだったよな？」

「うん、雪山で使っていた木の名前だよね」

「そうそう、あれって用意できそうか？」

「えっ、できるけど大丈夫なの？　あれって保温性がすごいから、暑いときは耐えられないんじゃ……」

「心配いらねぇよ、全部をレッドウッドで作るわけじゃねぇから。普通の木とレッドウッドの両方を使う」

それなら普通の木で作ればいいのでは？　と純粋な疑問を抱いたので、そのままギランに尋ねてみた。

するとギランは、長期間暮らしていた家と同じ材質のほうが安心できるだろう、という回答を口にした。

「あとあれか、白狼の家」

「そうだね。彼らにも専用の家をって、セレクさんが言ってたよ」

白狼の家を造るにあたって、その習性について調べてみた。

どうやら彼らは、本来洞窟(どうくつ)や穴といった狭い空間を寝床にしているようだ。

そうなると、大きい家は逆に落ち着かないかもしれない。ギランと一緒に考えた結果、一軒一軒に白狼用の部屋を用意することにした。

念のためセレクにも確認をとると、そのほうが嬉しいと言っていたので、さっそく建築作業に取りかかる。ある程度基盤ができたところで、僕らは次のエリアへ向かうことにした。

続くエリアはセイレーン。

彼女たちの要望は、水が近くにあることだ。

セイレーンという種族の特徴を考えると、彼女たちの居住スペースは、他と明らかに違ってくるだろう。

ギランと僕で、互いのイメージを語り合う。

「旦那は直接見たことあるんだよな？　セイレーンが住んでた街」

ない。


「うん、一応ね」

あれを見たというのか、ちょっと疑問だけど。

僕が見たのは滅んだ街だったから、そこで彼女たちがどうやって暮らしていたのかまでは知らない。

「どういう建物が多かった？」

「たぶん石なのかな？　基本的に全部、鉱物で造られた家だったよ」

「なるほどな。色合いとかどうだった？　変わった造りとかしてなかったか？」

「う〜ん……色は海底で真っ暗だったからなんとも。変わった造りはしてなかったと思うよ？　強いて言えば、ほとんど一階建てでとってもシンプルだったかな」

「そうか……俺の勝手なイメージだと、家の色は白だな」

「白？　なんで？」

「単純に綺麗だからだ。あとセイレーンに合ってそうだと思っただけだ」

本当に勝手なイメージだった。

ただまぁ、白という色は悪くないと思った。なんとなくだけど想像して、そこに彼女たちセイレーンがいると、絵になるような気がする。

「なぁ旦那、ここ一帯をでっけぇ湖にするのはありか？」

「別にありだけど、水中に家を造るのはなしだよ？」

「水中じゃねぇ。その上にいくつも足場作って、一つの集落を造るんだよ。水の都とまではいかねぇけど、水の街くらいには見えるんじゃねぇか？」

「水の街――」

僕は完成した風景を想像してみた。

湖の中心に浮かぶ集落と、そこで暮らすセイレーンの姿。なるほど、これはさっき想像したよりも絵になる構図だ。

「良いと思うよ！　それにしよう！」

「決まりだな」

湖のほうは僕が担当することにして作業に取りかかった。


そして次の日。

ユノに協力してもらったり、魔道具を駆使したりしてなんとか空けた大穴に水を注ぎ、湖が完成する。

建物のほうは、当初イメージした通り白を基調としたものでいくそうだ。外観もシンプルに、四角い建物を多くするらしい。完成が待ち遠しく思う。

続いて犬獣人と猫獣人のエリアを考える。この二つの種族は人数が多いので、他よりも大規模な建築になりそうだ。

特に要望がなかったので、建築に関しては僕らの屋敷をモデルにする。イメージとしては、王都の街並みに近づけようと考えているところだ。

「訓練場も欲しいって言ってたよ」

「そういやそうだったな。どんな感じが良いって？」

「そこは特に言ってなかったかな」

「じゃあせっかくだし、闘技場みたいにしてみるか？　そっちのほうが雰囲気あるし」

「いいかもね！　あ、でも、屋内が良いって言ってたかも……」

「なら屋根付きにすりゃーいい。あとはそうだな～、だだっ広い空間を作ってもつまらねぇし、色々仕掛けでも用意しとくか」

「仕掛け？」

「トラップだよ。もちろん訓練用のやつだけどな？　そういうのもあったほうが面白そうだろ？」

「えっ、まぁ……そうだね」

このときのギランは、今までにないくらい悪い顔をしていた。

僕はごくりと息を呑んで尋ねる。

「ちなみにどんなトラップを作るの？」

「それは完成してからのお楽しみだ。なんなら旦那が最初の実験台になるか？」

「……遠慮しておきます」

さすがに怖かった。僕は心の中で、イズチにごめんと呟く。

あとでこっそり伝えておいたほうがよさそうだな。さすがに死人までは出ないと思うけど……嫌な予感がするし、念のためね。

僕はふと思いついてギランに尋ねる。

「あれ？　そういえばギランたちの住居はいいの？」

「それならもう決まってる。前に地下で暮らしてた様子見ただろ？　あんな感じにする予定だ」

精錬所や鍛冶場も含めた、ドワーフ族のエリアを作るらしい。

色々なものを作る製造の拠点になりそうだな。

ともかくそういう感じで、それぞれの居住エリア建築が本格的に始まった。

9　リスク

街造りは順調に進んでいた。建物が徐々に完成していき、街としての外見がわかるようになってくる。

ただ、最近国境側の森を越え、魔物の群れが出現するようになった。

「今日で五回目だぞ。しかも少しずつ数も増えている」

「そうみたいだね」

僕はイズチと執務室で話をしている。なお、魔物はイズチが指揮する警備部隊が対処してくれていた。

僕はイズチに感謝を伝えた。

「いつもごめんね」

「別に良いさ。本来はこういう仕事が俺たちの本業だからな。ただそのせいで、街造りに参加していた人員を警備に回さないといけなくなった」

「うん、他の人の負担も増えてるよね」

「ああ。今はまだ対応可能だが、この調子で数や頻度が増え続けたら、さすがに支障が出るかもしれないな」

今後、警備部隊は交代制にして、二十四時間体制で街を警備してもらう予定だ。

それでも、襲撃が連日続くようなら、彼らの身がもたない。

僕はイズチに尋ねる。

「どうして急に現れるようになったのかな？　ちょっと前まで、全然来なかったのに」

「それはあれだろ。街ができ始めて、俺たちが住むようになったからだ」

「そうなの？」

「魔物は本能で動いているとはいえ、馬鹿ではない。今までは、死んだ土地で誰も住んでいなかったから、近寄る意味がなかった。それが最近の変化を感じ取ったんだろうな」

「それじゃ……今後もっと増えていくってことか」

「だろうな。できるなら殲滅（せんめつ）しに行きたいところだ」

しかし残念ながらそれはできない。

なぜなら、魔物は国境の向こう側から現れているからだ。許可なく国境を越えることは、国同士のイザコザに発展しかねないのだ。

別に駄目ってわけじゃないけど、僕の場合は一応貴族だから、国境を越えることの意味合いが複雑なんだ。

僕はため息混じりに口にする。

「変に動いて、抗争にでも発展したら最悪だ。ここが戦場にでもなったら、たくさんの人が傷つく」

「わかってるよ。ただ、このままっていうのも良くないだろ？　なんとかできないか？」

「う～ん、ちょっとユノに相談してくるよ」

「良い案でもあるのか？」

「まぁね」

「だったら任せたぜ」

そう言うと、イズチは執務室を出ていった。

僕は机の上の書類を軽くまとめてから、ユノのところへ向かう。研究室にいる彼女に、イズチに話したのと同じ内容と対策について話す。

「結界？」

「うん、魔物避けの結界。作れないかなーって思って」

「もちろん作れるぞ」

「本当？　領地全域を覆いたいから、かなりの規模になるけど大丈夫？」

僕が考えた、魔物への対抗策は、街を大きな結界で覆ってしまおうということだ。

シンプルだけど、実はそんなに簡単でもない。結界に関しては僕も多少知識がある。魔力結晶を核とし、術式を介することで生み出す魔法の壁。それが結界と呼ばれているものだ。

結界は規模が大きくなるほど必要な魔力量が増える。さらに規模を広げるほど、結界の強度は落ちてしまう。壁が薄くなっていくイメージだ。

それを防ぐためには、より高純度の魔力結晶を用いる必要があるのだが……

「王都も広すぎるから結界じゃなくて壁で守られているんだよ？」

僕が心配してそう言うと、ユノは平然と答える。

「それは知っておるよ。じゃが心配はいらん。主が雪山で手に入れてくれた、これがあるからのう」

「それって――」

「うむ、ドラゴンの心臓じゃ」

彼女は赤い結晶をドンと机に置いた。

これは以前、雪山でドラゴンと遭遇して手に入れた戦利品だ。そういえば、高純度な魔力結晶として使えるんだっけ。

「それがあれば、街を守れる結界が作れるの？」

「そういうことじゃ。後はどういう結界を作るか、になるかのう」

「どういうって？」

「結界の性質じゃよ。主がさっき口にした、魔物から守るというのは、魔物の侵入だけを防ぐ結界という意味じゃろう？」

「うん」

「つまり、人は簡単に出入りできる」

「別に問題ないんじゃない？」

「そうとは限らんじゃろ。この先、もしも善（よ）からぬ輩（やから）が現れたらどうするのじゃ？」

「ああ……」

　野盗とか、悪意を持って近づく者たち。

　僕は子供たちと出会った場所を思い出す。あの街のように、ここも野盗に襲撃されたらと考えると、ユノの言う心配はもっともだと思った。

「でも、人まで入れなくするのは不便だよ」

「ならばもっと細かく設定するか？　その場合は、さらに強度が落ちるが」

「それも困るなぁ……あっ！　だったら二重構造にできないかな？　外側に魔物を阻（はば）む結界を張って、その少し内側に悪意を持った人間を阻む結界を張るとか」

「まぁ可能じゃが、心臓が一つ足らんぞ」

「それは僕が変換魔法で複製するよ。だったらいけるよね？」

「うむ」

「じゃあさっそく頼むよ」

話がまとまったところで、僕はさっそく変換魔法で心臓を作った。前にも試したけど、やっぱり相当な魔力を消費するんだよね。

そのせいなのか、異様な倦怠感に襲われた。僕は作った心臓をユノに渡し、彼女に結界造りを依頼した。

魔物避けの結界は、その日の夕方には完成し、領地全体を大きく半透明な壁が覆った。そのおかげで、警備に専念していたイズチたちも、街造りの手伝いを再開できるようになる。

さらに三日後、もう一つの結界も完成、展開された。


ちょうどその頃——僕の疲労は、知らぬ間に限界を超えてしまった。

いつもの寝室で、僕は目覚めた。体が思うように動かない。

重いわけではなく、むしろ軽くなっているような感覚すらある。汗をかいているのだろう。湿った感じが布団に残っていて、炎に当てられたように全身が熱い。

「三十八度……風邪ですね」

「……」

「まったく……無理はしないようにと、あれほど釘をさしておいたのに」

「うっ……」

「反省してください」

「……ごめんなさい」

僕はソラの看病と説教を同時に受けていた。結界作りでドラゴンの心臓を複製してから、妙に体がだるかった。

そして昨日、二つ目の結界が完成して、ひとまず領地の安全が確保された。それで気が緩んでしまったのだろう。

最初に気付いてくれたのは、目の前にいるソラだ。

いつもなら起きている時間でも、僕が全然下りてこなかったので、心配になって覗き込んだらしい。すると、布団に包まって汗を流し、苦しそうに眠っている僕がいたそうだ。

彼女はすぐに薬を持ってきてくれた。薬と言うのは、万能薬のことだ。

雪山の頂上で育った青い花、青憐華と名づけた薬草を元に作られた薬。あらゆる病に効く万能薬……のはずが――

「あまり効いていないようですね」

「……うん」

「万能薬といっても、もしかすると私たち人間には効き目が薄いのでしょうか？」

「……わからないな」

「そうでしょうね。熱があるんですから、ゆっくり休んでいてください。もし勝手に動いていたら」

「だ、大丈夫、ちゃんと寝てるから」

「そうですか。本当にですよ？　ウィル様に何かあれば、皆さんが悲しみます」

「……ソラは？」

「言わなくてもわかるでしょう」

「ははっ、ありがとう」

ソラが部屋から出ていってすぐ、ドタバタと廊下を走る音が聞こえてきた。明らかにこの部屋へ向かってきている。

扉がバンと勢いよく開いて、入ってきたのが誰なのかはすぐにわかった。

「ウィル様！」

「ニーナ？　それにみんなも」

部屋に入ってきたのは、ニーナを含むメイド五人だった。

「ウィル様、熱あるんだよね！　大丈夫なの？　ちゃんと良くなるの？」

「ニ、ニーナさん揺らしちゃ駄目ですよ」

僕にしがみつくニーナを止めようとするロトン。

ホロウやシーナ、サトラも不安そうだ。

「ウィル様……私たちのために……」

「すみません、ウィル様。急に押しかけるのは良くないと伝えたんですけど、聞いてくれなくて」

「ううん、良いよサトラ」

そう言いながらサトラもついてきているし、それだけ心配してくれたんだろう。嬉しい反面、やはり申し訳ないな。

彼女たちは少し話して、部屋を後にした。

その十分後くらいだろう。ギランやエルフのエーミール、他の種族のみんなもお見舞いに来てくれた。

「よぉ、ウィル。ちゃんと寝てるかよ」

「イズチ、君も来てくれたんだね」

「まぁな。平気なのか？」

「正直まだ全然駄目だね。体は熱いし、変な違和感もあるし」

「なんか、ただの風邪って感じでもなさそうだな」

「うん……おそらくね」

イズチは僕を見つめながら言う。

「心当たりがありそうだな」

「……うん」

「そうかい。なら今後は気を付けることだな。それじゃ、様子も見られたし俺は戻るぞ」

「……」

「なんだよ、その聞かないのかって顔は」

「えっ、いや……」

どうやら表情にそのまま出ていたようだ。その通りのことを思っていた。

すると、イズチは言う。

「聞かないさ。聞いてほしくないことなんだろ？　他の奴らも知らないみたいだし」

「……うん」

「だったら聞かない。でもいつか教えてくれよな」

「……わかった。ありがとう」

イズチは軽く手を振り、部屋を出ていった。

これで大体の人がお見舞いに来てくれたことになる。あとはユノくらいだろうか。そのユノも、イズチが去ってすぐにやってきた。

「生きておるか？」

「さすがに死んではいないよ」

「ふん、冗談じゃよ」

ユノが皮肉交じりに笑う。

僕は体を起こし、ベッドの横に座る。ユノも僕の隣へ座った。

「それで、気付いておるんじゃろ？」

「何に？」

「とぼけるな。主の症状についてじゃよ」

「……」

「あの薬、万能薬は文字通り万能じゃ。成分は調べてあるが、普通の風邪なら数滴含んだ水を飲むだけで治癒する。それほど効力の高い薬じゃ。それが効かんということは……」

「……うん、やっぱり普通の風邪じゃないよね」

僕は彼女に、自分が感じている症状を伝えた。

一番気になっているのは、体が妙に軽くなっているような感覚だ。

普通はこういうときって、もっと重く感じるものじゃないのかな。その違和感が強く、怖かった。

「おそらくじゃが、変換魔法の反動じゃろう」

「やっぱりそうなの？」

「確実にそうとは言えん。ワシも変換魔法、というか他の神代魔法を知り尽くしておるわけではないのでな。じゃが、使用者の主がそう感じておるなら、可能性は高いじゃろう」

以前にも同じようなことがあった。

変換魔法を使った後で、体が少し軽くなったような……自分の体から、何かが抜け出しているような感じがしていた。あのときとよく似ている。

「神代魔法は強力な力じゃ。そもそも本来、神祖であるワシらしか使用できんかった力じゃしな。それを人間である主が使えるだけでも異常だというのに、なんのリスクもないとは思えん」

「……だよね。これからはあんまり使わないほうがいいのかな？」

「そうじゃのう。まだハッキリせんうちは、多用を避けるべきじゃ。もしも命に関わるようなリスクなら、使用するべきでないからのう」

「……わかった」

これまで頼ってきた変換魔法。

僕の得意な魔法は、謎だらけで不安定だ。その謎が明らかになったとき、僕は何を思うのだろうか。

10 ウィルの街

熱は次の日には治まっていた。

まだ体のだるさは残っているものの、仕事に支障が出る程度ではなかった。これなら働ける。そう思って張り切っていたのだが……

「駄目です」

「えぇ……」

「えぇ、じゃありません。病み上がりなのですから、今日一日くらい黙って休んでいてください」

「で、でも！」

「でも？」
ソ、ソラがとても怖い。朝早く起きて、仕事をしようと着替えていたら彼女がやってきた。普通に着替えている僕を見た彼女は、穏やかな表情を一変させた。そこに座れと指をさされ、こうして説教をされている。どちらが主だかわからなくなる光景だ。

「はぁ……いいから文句を言わずにじっとしていてください。これでまた無茶をして、同じように寝込んだらどうするおつもりですか？」

「うっ……」

「看病するのは私たちなんですよ？　それともあえて心配をかけているのですか？」

「そんなことはないよ」

「だったら休んでいてください。じっとしているのが嫌なら、散歩くらいなら許します」

「わ、わかりました！　今日は仕事しません！　一日のんびり過ごします！」

僕は両手を上げて降伏のポーズをして言った。

ソラはため息を漏らす。

「約束ですよ？」

「うん」

そういう感じで説得され、暇を持て余した僕は、なんとなくユノのところへ向かった。

「はっはっはっ！　なるほど、じゃからワシのところへ逃げてきたのか」

「べ、別に逃げてきたわけじゃないよ。仕事しちゃ駄目って言われたし、暇でやることがなかったから遊びに来ただけだよ」

「まぁそういうことにしておこう。ふっ、それにしてもソラは相変わらずじゃのう」

「うん」

彼女が怒ると怖いのは、ずっと昔からだ。

そして彼女が怒るのは、いつだって僕のことだった。僕が馬鹿にされたり、傷つけられたりすると、まるで自分のことのように怒ってくれた。

最近は、無茶をして怒られてばかりだったな。それも全部、僕のことを想ってくれているから……だと、僕が思いたい。

「間違いなく主のためじゃよ。わかっておるじゃろう？」

「まぁ……うん」

「なら疑ってやるなよ。ソラほど主のことを理解しておる人間はおらんぞ」

「ユノは違うの？」

「ワシは人間ではないからのう」

「そういうことか」

こんな風に穏やかに、他愛もない会話をするのは、随分久しぶりな気がする。怒涛のように色々なことが起こったからなぁ。そういう意味でも、僕は疲れていたんだろうと改めて実感する。

「さて、今日は久しぶりに研究でもするかな」

「良いのか？　ソラに仕事はするなと言われたばかりじゃろう」

「これは仕事じゃないよ。どっちかと言えば趣味だから」

「主がそう思うなら良いが、ワシは知らぬぞ」

「大丈夫だって」

僕は亜人種について研究している。より具体的に言えば、亜人種がどうやって誕生したのかが知りたいのだ。ここ数ヶ月で、色々な亜人種と出会い、話す機会を得られた。それによって、各種族の生活やこれまでについて知ることはできた。

「とは言っても、肝心の誕生についてはサッパリなんだよね」

「仕方ないじゃろ。皆、生きるだけで精一杯の状況だったようじゃからのう」

そもそも、神祖であるユノが知らない時点で、彼らが真実を知っているとも思えない。やっぱり知っている人なんて、この世には存在しないのかな。

「ねぇユノ」

「なんじゃ？」

「街造りが終わって、ある程度生活が安定したらさ。また遺跡探索をしない？」

「国外のか？」

「うん。みんなと会うために作った扉ってまだそのままだよね？　あれを使って世界中を見て回ろうよ」

「ふっ、そうしたいなら体調管理は怠るでないぞ。遠方で倒れられてはたまらん」

ユノにも心配されたので、研究を程良いところで切り上げた。自分の部屋に戻る途中、ソラとバッタリ出くわす。

「あっ」

「ウィル様？　どこに行かれていたのです？」

「ユノのところだよ」

ソラが怖い目で見てくる。隠れて仕事をしたのでは、と疑っている目だ。

「だ、大丈夫だよ？　仕事なんてしてないから」

「……本当ですか？」

「嘘じゃないよ」

「だったら良いです。もう少しで夕食なので、部屋にいてくださいね」

「うん」

「では、私は先に行きますので」

「あっ、ちょっと待って！」

僕が声をかけると、ソラは振り返る。

僕は少し照れつつも、思いきって提案する。

「街が完成したらさ、一緒に見て回ろうよ」

「……それは、私とウィル様の二人で？」

「うん、嫌じゃないなら」

「……わかりました。楽しみにしていますね」

淡々とそう言いながら、ソラは僕に背を向ける。顔が見えなくなる直前、嬉しそうに笑っているように見えた。

そういうところは、昔から変わらない。いつだって優しくて、それでいて厳しくもあって、可愛らしい。人間で唯一、僕と一緒にいてくれる存在。

ソラのことを想うとき、僕は無意識に微笑んでしまう。どうしてなのかな？


それから一ヶ月が経過し、十月に入った。

日が出ている時間は短くなり、夜は暖かい布団をかけないと、寒くて眠れなくなっている。

変化したのは気温だけではない。みんなの努力の成果が、街という形で具現化していた。

「せーの！」

「「かんぱーい！」」

その日、屋敷の外でパーティーが開かれた。肌寒くなってきているので、暖かい服を着て、温まるご飯をみんなで食べる宴だ。

なお、そんな僕らのバックには、完成した街並みが広がっている。

「完成とはいっても、この屋敷の周りだけなんだよね。まだまだ半分以上は未開拓のままだ」

「それでも十分な成果です。初めてここを訪れたときは、本当に何もない荒野でしたから」

ソラの言葉で、僕はあの頃の景色を思い出す。当時はなんにもなくて、僕たち以外には誰もいなかったんだ。

僕は感慨深く思って呟く。

「それが今じゃ、こんなにもたくさん人がいて、楽しそうにしているなんて」

僕が目指す理想に少しずつ近づいていると実感する。そんなことをしみじみと考えながら、温かいお茶を飲んだ。

「ねぇウィル様！　この街の名前を決めようよ！」

唐突にテンションの上がったニーナが提案してきた。それに反応したギランやイズチが集まってくる。

「おっ、面白そうな話してるじゃねぇか！」

「俺も交ざって良いか？」

「良いけど、街の名前なんて全然考えてなかったよ」

考えていなかったのは、他のみんなも同様だった。

それなら一緒に考えようと、みんなで頭を悩ませる。

元々何もない土地だったし、特徴という特徴はなかった。ならば亜人種を別の言葉に置き換えて、それを名前にするのはどうだろうか。なんて考えたけど、中々決まらない。

「いっそ、旦那の名前をそのまんま使っちまうのはどうだ？」

良い意見が出ない中、ギランがそんなことを言い出した。

「僕の名前？　ウィリアムの街って……こと？」

「いやそっちじゃなくて、愛称のほうだ」

ギランがそう言うと、ソラが告げる。

「ウィルの街……私は良いと思いますよ」

「えっ、ちょっと」

素直に恥ずかしい。自分の名前を冠する街なんて、図々しくないだろうか？

他のみんなの反応を確認してみる。なぜだか納得している様子だったので、僕は戸惑いを隠せなかった。

するとユノが――

「良いではないか？　あながち間違いでもあるまい。ここは主の街じゃろう？」

「ユノ……」

周りのみんなもユノの意見に頷いていた。

これはもう、僕が何を言おうと決定の雰囲気だな。恥ずかしいけど、ちょっと嬉しいし、そういうことにしよう。

僕は諦めたように言う。

「わかったよ、それで良い」

さらに歓声が上がった。パーティーの至るところで、僕の名前を叫んでいる。やっぱり恥ずかしいな。

「あっ、そうだった」

ふと、ある約束を思い出す。僕はソラに視線を向け、それを口にする。

「ソラ」

「はい？」

「明日、一緒に街を見て回ろう」

不意を突かれたらしく、ソラは驚いていた。

「覚えていましたか」

「うん、大切な約束だったからね」

　僕がそう返答すると、ユノとニーナが声を上げる。

「なんじゃ主ら、そんな約束をしておったのか」

「えぇーいいなー！　あたしも一緒に行きたーい！」

「駄目ですよ。これは私とウィル様の約束ですから」

　ソラは無邪気な笑顔で、駄々をこねるニーナに言ったのだった。


　翌日。僕とソラは約束通り、完成した街並みを一緒に見て回った。

　最初に行ったのは、ドワーフエリアだ。僕はこの街並みを見るたびに、滅んでしまった彼らの国を思い出す。本当なら、こんな感じの街が広がっていたのだろう。

「ここで鉄を焼いたり、色々な道具を作ったりしているのですね」

「うん、職人のアトリエって感じだね」

　次はエルフエリアだ。グヴェールの木が生い茂り、森と共に生きる彼らを象徴するような街が出来上がっている。

　続いて向かった狼獣人エリアでは、子供たちが白狼と戯れていた。楽しそうに駆け回る姿にほっこりさせられる。

そしてセイレーンエリア。そこはまるで別世界だった。

「綺麗……」

「うん」

思わず見惚れてしまう。真っ白な彫刻みたいで、御伽噺に出てくるような街だった。透き通った水が、風で波紋を作っている。

最後に犬獣人猫獣人エリアを訪れると、大きな闘技場から訓練の掛け声が聞こえてきた。邪魔するのも良くないのでこっそり覗き込む。

「イズチはちゃんと働いてるかな～」

「心配いりませんよ、あの方は、ウィル様に似ていますから」

「えっ、そう？」

「はい」

ソラにはそう映っているらしい。僕としては意外だったけど。

僕らは気付かれる前に闘技場から離れる。街をぐるりと一周回る頃には、すっかり夕方になっていた。

「もうこんな時間か」

「あっという間でしたね」

「うん。楽しかったかな？」

「はい。ウィル様は？」

「同じだよ」

「そうですか。なら良かったです」

目の前はもう屋敷だ。

入り口の扉を潜れば、僕は執務室へ行き、彼女も夕食の準備へ戻ることになるだろう。約束の時間は、もう少しで終わってしまう。

ソラが少し悲しげに言う。

「ウィル様」

「なんだい？」

「また……いいえ、今度は一緒に外へ行きましょう」

「二人で？」

「はい。駄目でしょうか？」

「ううん、喜んで」

そうして、僕らは扉を潜る。

ウィルの街は今日も賑やかで、鮮やかな日常を描いていくのだった。

11　雪と温泉

ほど良い日差しが窓の隙間から入り込む。厚い布団の重さから逃げようと体を捩ると、今度は寒くなって布団に包まる。

朝の空気を感じ取り、ゆっくりと瞼を上げれば、日差しのまぶしさで目が覚めた。

「うぅ……朝かぁ～」

僕は大きく背伸びをする。寝巻きから普段着に着替えて、食堂へと向かう。

ここがウィルの街と名づけられた日から、もう一ヶ月半が経過した。現在は十一月下旬。寒さがより一層増して、早朝には霜ができるようになっている。

街の住人も、あれからさらに増えた。何がきっかけかわからないけど、この街の噂を聞きつけて、遠方から亜人種たちが集まってくるようになったのだ。

そのおかげでまた少し人口が増えた。それに合わせて街のほうも、さらに拡張を進めている最中だ。

僕はといえば、朝食後に街を回るのが日課になった。今日は最初にドワーフエリアに顔を出す。

朝早いというのに、せっせと働くドワーフたちの姿があって、指示を出すギランの声も聞こえた。

「おはよう、ギラン」

「おー旦那か！　今日も朝早くからご苦労なこった」

「こっちのセリフだよ。朝から大変だね」

「いんやそんなこともねぇよ。地下暮らしだった頃を考えりゃー、今のほうがよっぽど楽だね」

「そうなの？」

「おうよ。劣悪な環境での仕事は応えるからな～」

そんな話をギランとしながら、ドワーフたちの働きっぷりを眺める。

彼らにはたくさん仕事を任せてある。街造りの継続はもちろん、家具家電や、警備隊に支給する武具の製作だ。いずれは商売に発展させたいと考えているのだけど――まだ当分は先になりそうだな。

「にしても寒くなったよな～。さすがに袖がこうも短いときついぜ」

「だったらもっと厚着すればいいのに」

「こっちのほうが動きやすいんだよ」

「そういうものか。でも、そろそろ雪も降るんだよ？」

「らしいな。これより寒くなるとか勘弁だぜ」

「風邪は引かないように気をつけてね」

「お互いにな。それじゃー仕事に戻るぜ」

「うん、よろしく」

その後も僕は、他のエリアを回った。

どこの住民も変わりなく過ごしているようで安心した。


さらに日にちが経ち、十二月に入った。

月をまたぐと、寒さはより一層厳しくなる。僕は布団に包まりながら朝を迎えた。最近は毎日、布団から出たくない気分に襲われている。

そんな誘惑を振り切って起きると――

「あれ？　外が――」

窓の外が異様に明るかった。

僕は理由を確かめるために窓へと近づく。視界に飛び込んできたのは白い景色。降り注ぐ白に、一面に敷き詰められた白。

「雪だ……」

ついにこの領地にも雪が降った。寝る前までは晴れていたから、深夜のうちから降り出したんだろう。たった一夜でこれほど積もるのか。

僕はさっそく服を着替え、外へ出て確認することにした。

「うわぁ、ホントに真っ白だなぁ～」

見上げた空も白くて驚いた。屋敷の敷地も、街全体が雪化粧をしている。なんというか、感慨深いものを感じる。前にホロウの故郷に行ったとき、積もった雪なんて嫌というほど見たけど、今回はまた違う。自分の住んでいる街が、まるで知らない街に早変わりしたようだ。

「……っと、やっぱり寒いな」

見惚れていたら急に寒さで体が震えた。あの雪山ほどじゃないけど、やっぱり雪が降ると余計に寒く感じるな。他のみんなは大丈夫だろうか。

「ウィル様、おはようございます」

「おはよう、ソラ」

ちょうどソラと出くわした。他のメイドたちも一緒だ。僕はソラに尋ねる。

「何してるの？」

「見ての通り雪かきです」

彼女たちは全員、長いスコップを手にしていた。せっせと道に積もった雪を移動させている。

「綺麗な景色ではありますが、こうも積もられると通行に不便ですからね」

「だったら僕も手伝うよ」

屋敷へ戻ってスコップを取ってきた僕は、彼女たちと一緒に雪かきをした。

よくよく見ると、屋敷から離れたエリアでも、仲良く雪かきをしている様子が見て取れる。大人が頑張って雪と格闘する一方で、子供たちは元気一杯に遊んでいた。雪だるまを作ったり、雪合戦をしたり、寒さに負けないくらいはしゃいでいるようだ。

「子供は元気だねー」

「そうですね。まぁ約一名……子供と一緒に遊んでいる人もいますが」

ソラの視線の先には、子供に交ざって雪合戦をしているニーナがいた。

「いっくよぉ～、それ！　あっはははは！」

楽しそうに遊ぶニーナに、ソラは冷たい視線を送っている。ちゃんと仕事をしなさい、と言わんばかりだった。

雪よりも冷たい視線にニーナが気付いて戻ってくる。

「遊ぶのはお仕事が終わってからにしてくださいね」

「……ごめんなさい」

「ふふっ」

ニーナがソラに怒られるのを傍から見ていて思わず笑ってしまった。まるで母親と娘のやり取りみたいだな。相変わらずで安心するよ。

「さぁ、あとちょっとだね」

雪はどんどん降り積もっていく。僕らはそれに抗いながら、せっせと雪かきを続けた。

昼くらいまでかけて、ようやく道が開通する。

「とりあえず、このくらいでいいでしょうか」

「うん、休憩にしようか」

それから昼食をとって、ニーナは子供たちと一緒に遊びに出かけた。本当は屋敷の掃除もあったけど、ニーナがあんまり駄々をこねるから、ソラは仕方なく許したらしい。これも昔から変わらない、いつもの光景だ。

数日後――雪が降り積もった街で、領民が一箇所に集められていた。全員が屋敷のほうを見ている。

視線の先には、メイドたちと一緒に横並びになっている僕。手にした拡声器を通して、僕は高らかにこう宣言する。

「これより、第一回種族対抗雪像コンテストを開催します！」

浮かれた歓声が上がる。

こうなったのも、祭りをしたいと唐突にニーナが言い出したのがきっかけだ。そこでホロウから故郷で雪祭りをしていたという話を聞いて、僕らの街でもやることになった。

「えー、ルールは簡単です。各々のエリアで一つ、雪像を作ってもらいます。その出来栄えを審査員が判定し、最優秀作品を決定します」

このコンテストには我らがメイドチームを含めて、領民全員が参加してくれている。雪像のジャンルは問わない。種族ごとに人数の差があるので、大きさは審査点から除外する。

「制限時間は三時間！　では――スタート！」

僕の合図で、みんなが各エリアに移動していく。雪像制作に参加しない僕とユノは、その場にぽつんと残された。

「ウィルよ」

「ん？」

「なぜワシが審査員なのじゃ？」

「ユノって一番長生きでしょ？」

「そうじゃな」

「この中で一番、芸術を知ってそうだったから」

「……いや、ワシもそっち方面は詳しくないのじゃが……」

ユノは自信なさげに言った。

ともかく、コンテストの審査員は、僕とユノが引き受けることになった。僕には芸術とかわからないし、ユノに全面的に任せようと思っていたんだけどなぁ。これはもう、僕らの独断と偏見で決めるしかなさそうだ。

「寒さは大丈夫？」

「このくらいならのう」

「じゃあ、みんなの様子でも見て回ろうか」

「うむ」

三時間はかなり暇だ。僕ら審査員は、その間特にやることもないからね。

暇な時間をなんとか耐え抜いて、ついにお披露目会に移る。そのために一旦、みんなを屋敷の前に集めた。

「えーおほん、皆さんお疲れさまでした」

みんなの顔つきを眺めると、やりきったという感じが出ている。僕の隣に並ぶニーナたちも、何やら自信ありげな表情だ。これは期待してもいいのかな。

「さて、もう若干見えていますが、品評へと移りたいと思います！　最初に見てほしいという人がいたら挙手を！」

そう言うと、全チームの代表がほぼ同時に手を挙げた。みんなのやる気と自信が伝わってくる。

「一瞬速かったので、エルフエリアから順番に回りましょうか」

僕とユノを先頭に、大名行列のようにエルフエリアへ移動する。

「代表のエーミールさん、作品のタイトルはなんですか？」

「森の守り神ですね」

僕らは雪像を見た。

見上げるくらい大きな巨人が、堂々とそこに立っていた。

「これはエントという森の巨人をイメージして作りました。我々にとってエントは、森を守ってくれる神様のような存在です」

おぉ～という声が上がる。エントは体が木でできた巨人だ。僕も文献でしか見たことがないけど、実物と同じくらいの大きさなのかな。魔法も駆使したようだけど、少ない人数でよくこのスケールの雪像ができたと感心する。

「ユノはどう思う？」

「大きすぎて首が痛いのじゃ」

「ちゃんと品評してよ……」

マイペースなユノだった。僕の感想としては、大きくて迫力があって良いと思う。トップバッターに相応しい作品だ。

エルフの素晴らしい作品を見た僕たちは、その足で狼獣人エリアへ向かった。移動途中に、作品名を尋ねる。

「では代表のセレクさん、作品のタイトルはなんでしょう？」

「そうですね。そのままだとわかってしまうので、あえて永遠の友、と言っておきましょうか」

「あえて？」

意味深なセリフを口にしたセレク。期待を胸に、彼らのエリアに到着する。そして目の前に雪像が見えて、彼が言っていた意味を理解する。

「なるほど、そういうことですか」

「はい」

彼らが作り上げたのは、白狼の雪像だった。大きさは本来の三倍くらいで、毛並みまで頑張って再現している。

「それにしても、本物みたいですね」

「そう言っていただけると嬉しいですよ。彼らは我々と共に生きてきた相棒のような存在ですから」

雪山の奥へ追いやられた数十年。白狼は同じ時間を過ごしてきた大切な仲間だ。一緒にこの街へ来てからも、子供たちに大人気でよく遊んでくれている。

「良い出来じゃな」

「ユノもそう思う？」

「うむ。だって、ほれ——」

ユノは雪像の前を指さして言う。

「本物の狼共が怯（おび）えておるし」

「あっ……」

彼女の指の先には、自分より大きな雪像を前にして、ブルブル震えながら頑張って威嚇（いかく）する白狼の姿があった。本物も認めるリアリティ……さすがだね。

続いて向かったのはセイレーンエリアだ。彼らの居住スペースは湖の上。その湖には、一面透明な氷の膜が張っていて、ツルツル滑る子供たちの遊び場になっていた。

「おぉ～、これまた大きな雪像ですね」

「作品名は海の主です」

サトラの父、サジンがそう告げた。そこにあったのは、躍動感（やくどうかん）溢れる鯨（くじら）の雪像だった。ちょうど潮を噴いているところを再現している。

「鯨は海の中で最も大きな生き物ですからね。温厚なので襲われることはありませんし、近くにいれば魔物も怖がって襲ってきません。私たちにとっては心強い味方でしたよ」

ただ大きすぎて、あまり近づきすぎると危険だ。サジンも以前、危うく丸呑みにされそうになったと笑いながら語っていた。それは笑い事じゃないですよ……

続くは犬獣人猫獣人のエリアだ。

「自信ありかな？」

「ああ、もちろん。見て驚くなよ？」

道中でイズチはそう言っていた。イズチたちは一番人数が多いから、その点で言うと有利だと思う。さてさて、一体どんな作品を作り上げたのか。

「あれ？　見当たらないけど……」

「外にはないぞ？」

「え？」

「雪像は訓練場の中に建てたんだよ。そっちのほうが雰囲気あるからな」

「雰囲気？」

「見れば納得するって」

そう言われ、僕らは訓練場へと向かう。訓練場は闘技場をモチーフに造られた建物だ。僕は中に聳え立つ雪像を見た瞬間、イズチの言うように納得した。

「タイトルは英雄だ」

訓練場の真ん中に、犬獣人と猫獣人の剣士が鍔迫り合いをしている雪像が立っていた。場の雰囲気とマッチして、今ここで戦いが起きているような臨場感が再現されている。これは納得するしかないだろう。

「一応モデルは、大昔に実在した二大剣豪なんだよ。俺は会ったことないけど、二人の英雄譚はよく聞かされたな」

「へぇ、きっと格好良い人たちだったんだろうね」

「ワシは会ったことあるがのう」

「「えっ!?」」

ユノの呟きに僕とイズチの声がシンクロした。

「あとで話してやろうか？」

「ぜ、ぜひお願いしたい！」

「僕も聞きたいな」

そのまま話の流れで、ユノによる講演会が後ほど開催されることになった。イズチはコンテスト中だというのを忘れるほど楽しみにしているようだ。

僕らはぐるりと回ってドワーフエリアに移動した。彼らの雪像を見た瞬間、ドワーフの技術の高さに圧倒させられた。

「ギラン……これって……」

「よく聞いてくれた！　こいつは俺たちの王国にあった城を再現したもんだ」

堂々と聳え立つ白銀の城。

細部まで完璧に再現されていて、人が住めるんじゃないかと思うほどのクオリティーだった。僕だけじゃなくて、他のみんなも口を閉じるのを忘れて驚いている。さすが職人たちが集まるドワーフエリア。

「いつかこいつより立派な城を、ここにも建ててやるからよぉ」

「それって誰が住むの？」

「もちろん旦那だろ」

「ははは っ……」

それじゃあ、まるで王様だな、と苦笑いした。そんなことしたら、きっと王国に色々文句を言われてしまいそうだ。

そうしてついに最後の雪像を見に行く。

向かったのは、スタート地点である僕らの屋敷だ。制作者は、屋敷のメイドたち。制作過程を見ていないから、僕も彼女たちが何を作ったのか知らない。ワクワクしながら見てみると——

「あの、これ……」

「ほぉ～、よくできておるのう」

「おほん！　タイトルはねぇ、ウィル様だよ！」

ニーナが堂々と宣言した。まぁ言われなくても、見てすぐに自分だってわかったよ。

「ほぇーこいつはうめぇな。旦那への愛を感じる作品だぜぇ」

「もうこれが優秀賞で良いんじゃないのか？」

「えぇ……さすがにそれはどうかと」

しかしみんなの反応は予想以上に良かった。イズチも半分は冗談で言ったようだけど、反応の良さに後押しされ、本当に優秀賞に決定した。審査員は僕らなのに、謎の流れで決まってしまって戸惑いを隠せない。

というかそれ以上に……

「は、恥ずかしいな」

自分の雪像があるって、こんなにも恥ずかしいんだなと思った。頑張って作ってくれた彼女たちには申し訳ないけど、なるべく早く溶けてほしいと思う自分がいたよ。

数日後。

寒さが続く中、街造り計画は着々と進んでいた。その内の一つに、温泉建造計画がある。温泉という文化は、この間ギランに教えてもらうまで知らなかった。おそらくだけど、人間で温泉を知っているのは僕とソラだけなんじゃないか？

「温泉かぁ。どんな感じになるのか楽しみだな」

「まぁ期待して待っててくれよ。あと一週間もすれば完成するからな」

建設途中の温泉施設の前で、僕はギランと話していた。

この計画は、雪が降り出す少し前から進んでいて、今は建物と浴槽（よくそう）が完成している。肝心の湯に関しては、実はもう準備できていた。この領地の地下から湯が引けたことは、完全に運が良かったとしか言いようがないな。見つけられたのはユノのおかげだけどね。

「一番風呂は予定通り、旦那んとこのメイドちゃんだからな。あいつらにも楽しみにしてろって伝えといてくれよ」

「うん、そうするよ」

この間の雪像コンテスト。あれの優秀賞特典が、近日中に完成する予定だった温泉の一週間貸切権だった。ただ、結果がなんとも言えない形で決まったし、せっかくだからみんなにも早く入ってもらいたいと思ったから、結局各チーム一日ずつ貸切にすることになった。

ちなみに僕の雪像は、みんなが大事に手入れしてくれているから、まだ綺麗な状態で残っている。正直早く溶けてほしいことこの上ない。

お風呂の種類は大きく二つだそうだ。屋内のお風呂と屋外のお風呂。後者をギランは露天風呂と呼んでいた。やっぱり気になるのは、その露天風呂っていうほうだよね。外でお風呂に浸かるってどんな気分なのかな？　屋敷のみんなが最初に体験できるんだし、終わったら直接感想を聞いてみよう。

「ウィル様も一緒に入ればいいよ！」

「ちょっ……それはさすがに駄目だよ」

僕がさっき考えていた話を彼女たちにしたら、ニーナから思わぬ発言が出て困惑した。

「えぇ～、なんで駄目なの？」

「いやほら、僕はこれでも男なんだよ？」

「あたしは別に気にしないよー。昔は一緒に入ってたし！」

「やっ、それは本当に昔の話だよ？　僕はもう成人なんだし、最近来た子は気にするでしょ」

特にホロウとかロトン。彼女たちはこの一年以内にうちへやってきた。仲良くはなってきたけど、さすがに一緒にお風呂に入るのは抵抗があるよね。現に二人とも、ニーナが言い出してから顔を赤くして黙っている。

僕が彼女たちに目を向けると、それに気付いたのか、ホロウが慌てて弁解する。

「わ、私なら大丈夫です！　ウィル様なら……その、変なことしないってわかっていますから」

「信頼してくれてありがとう。でもせっかく安らげる場所なんだし、緊張していたらもったいないでしょ？　だから無理しなくていいよ。ロトンもね」

「うぅ、ご、ごめんなさい」

「なんで謝るのさ。そもそも、僕はコンテストで審査員だったわけだし、貸切の権利はみんなにしかないんだよ」

正直に言えば、早く温泉を体験したいという気持ちはあるけどね。まぁだけど、今回はユノと一緒に我慢しておこう。

「あと一週間くらいで完成するらしいから、みんな楽しみに待っていて」

†

一週間後。予定通りに温泉は完成し、ソラたちは一番風呂の権利を行使した。完成した温泉施設の平屋は主にレッドウッドで造られており、中に入ると脱衣所が男女で分かれている。お風呂も当然男女で分かれているが、ギランの粋（いき）な計らいで混浴も用意されているようだ。

ソラやニーナたちは着替えを済ませ、真っ先に露天風呂へ向かう。

「うっ、やっぱり外は寒いよぉ～」

「雪も降っていますからね。だからってくっつかないでください」

ニーナは震えながらソラに抱きついていた。寒さに強いホロウは平気そうだが、サトラ、ロトン、シーナは寒そうに縮こまっている。

「さっそく入って温まりましょう」

「そうね。もう体は洗ったし」

「とぉーう！」

「あっ！　ニーナさん危ないですよ！」

「楽しそうですね」

「ワタシたちも入ろう」

ニーナが飛び込んだ後で、他の子たちも次々に入っていく。

外気に晒されたせいか、湯の温かさが染み渡るようだった。みんなは気の抜けた声を零しながら、満天の星空を眺めている。

「んにゃ～。極楽極楽～」

「ギラン様には感謝しないといけませんね」

ニーナがソラの言葉に相槌(あいづち)を打つ。

「そだね〜。あとやっぱり、ウィル様も一緒が良かったな〜」

「まだ言っているんですか？」

「ソラちゃんは嫌なの？」

「嫌なわけありませんよ」

「だったら今度ウィル様も誘って、あたしとソラちゃんで一緒に入ろうよ！」

「それは嫌です」

「えぇ〜、なんでぇ？」

「入るなら、二人で入りますから」

「うわーずるいよそれ！」

ソラとニーナの会話を、横で聞きながら夜空を見つめる女の子たち。頬が赤らんでいるのはのぼせてきたからか。それとも何かを想像したからだろうか。

温泉の温かさによって、普段よりちょっと心が緩くなる彼女たちだった。

12　ユリウス・グレーテル

その日はとても穏やかな陽気に包まれていた。珍しく雪は降っておらず、薄く積もっている雪も踏みしめるたびに溶けていく。

　僕がいつものように執務室で仕事をしていると、トントンと扉をノックする音が聞こえてきた。

「どうぞ」

「失礼します」

　入ってきたのは、結界の出入りを管理する役割を担っているイズチの部下だった。彼は右手に手紙を持っていて、それを僕に手渡しながら言う。

「先ほど執事服の男性がいらっしゃって、これをウィリアム様に渡してほしいと頼まれました」

「執事服？　どんな人だった？」

「えっと、そうですね」

　彼はその男性の雰囲気や顔つきを教えてくれた。それを聞きながら手紙を見る。便箋(びんせん)に使われていた紋章でピンときた。

「ありがとう。下がっていいよ」

彼が部屋を出た後、入れ替わりでソラたちが入ってくる。僕が持っている手紙を見て、ソラが尋ねてくる。

「どうかされましたか？」

「ソラ、これを見てよ」

僕は便箋を彼女に見せる。すると、彼女も察したようだ。

「また……ですか」

「うん、言ってたしね？　また確認に来るってさ」

「そうでしたね……今度もあの方なのでしょうか」

「ううん、違うと思うよ」

「では……」

「うん、兄上がいらっしゃる」

僕が敬意を込めて兄上と呼んでいるのは――ユリウス・グレーテル。グレーテル家の長兄で、将来当主となることが決まっている人だ。僕とは五つ年が離れていて、この領地の倍はある街を治める。魔法の才能が随一で、数十年に一人の逸材(いつざい)とまで言われている。つまりものすごく優秀で、僕とは正反対の肩書きを持っているのだ。

「手紙には三日後の正午に来るって書いてあったから。みんなもそのつもりでいてね」

「目的は、ゴルド様のときと同じですか？」

「うん。僕がちゃんとやっているかどうか、見定めにね」

以前、もう一人の兄、ゴルド兄さんが視察に来たときに提示された「領民がいない」という課題。それが解決されたのか、そして領主としての責務を果たしているのかを確認しに来るというわけだ。

もちろん兄上の意思ではなく、父上からの命令だろう。一応課題は解決していると思うけど、亜人しかいないのを、父上はどう思うのだろうか。まぁ快く思わないのは間違いないな。

色々と疑問が浮かぶ中、ふとホロウに目が向く。彼女は俯き、怯えていた。

「ホロウ？」

「ウィル様……その……」

「大丈夫だよ。この間みたいにはならないから」

ホロウが怯えている理由は、前回ゴルド兄さんといざこざがあったからだ。兄上も同じような思想の持ち主では、と考えてしまっているのだろうが、僕は確信を持って言える。兄上は絶対、彼女たちに構わない。

「前にゴルド兄さんがどんな人か聞かれたとき、一言じゃ答えられなかったよね。だけど兄上は違う。あの人がどんな人なのかは、一言で答えられるよ」

「……」

この場で兄上と面識がないホロウが、ごくりと息を呑んで僕の言葉に耳を傾ける。僕は彼女の目を見ながら告げた。

「兄上は、合理的で利己的な人だよ」

手紙が届いてから三日後。雪は降っておらず、陽気な日差しが道端に積もった雪を溶かしている。

領地を囲っている森を抜け、一台の馬車が僕らの屋敷に到着した。

豪勢な装飾がされた扉が開き、執事服の男性が一人、鎧を着た騎士が二人降りてくる。そして最後に、高貴な雰囲気を漂わせる美男子が降りてきて、僕の領地の土を踏みしめた。

僕はその人物に声をかける。

「お久しぶりです。兄上」

「ああ、久しぶりだね――ウィリアム」

僕はメイドたちと出迎えた。

淡い金色の髪と、澄んだ海のような青い目。背は僕より高くて、すらっとした体型だ。

兄上は穏やかな表情を浮かべて、僕と視線を合わせている。変わっていない。僕は兄上の表情を見て、そう悟った。

兄上は僕の背後に控えるメイドたちを一瞥する。

「ソラも久しぶりだね。他の子たちも——おや、一人増えているかな？」

「っ——」

兄上はホロウに視線を合わせた。以前の出来事を思い出し、声が出せないホロウ。彼女に代わって僕が紹介する。

「はい。彼女は少し前に僕のところへ来たばかりですから」

「あぁ、そういうことか。道理で知らない顔だと思ったよ」

ホロウは深く頭を下げる。兄上は視線を僕に戻し、話を進める。

「ウィリアム、用件はわかっているね？」

「はい、もちろんです」

「なら、先に街を案内してもらおうか。ゴルドから聞いた話より、随分変わっているようだからね」

「わかりました」

僕はメイドたちのほうを向く。

「みんなは仕事に行ってくれ。兄上の案内が終わったら、また戻ってくるから」

「かしこまりました」

ソラが先導し、メイドのみんなが屋敷の中へと入っていく。僕は兄上のほうへ振り返り、近寄りながら言う。

「では、参りましょうか」

「ああ、頼むよ」

そうして僕は、約一時間かけて街をぐるりと案内した。

予め街のみんなには、僕らが通りかかったら一礼するように言ってある。彼らは状況を察して、何も言わずに従ってくれた。


案内が終わって屋敷に戻ると、面談室で話をすることになった。騎士二人が扉の前で待機し、僕と兄上、それから兄上の執事だけが室内に入った。

「どうでしたか？　兄上」

「予想していた以上に良い街だね。設備も環境も整っているし、街としてしっかり機能しているようだ」

「全部みんなが頑張ってくれたおかげですよ」

「そうなんだろうね。ただ……そのみんなというのが問題でもある」

「問題……ですか」

「ああ、念のために聞いておきたいんだが、この街に人間はどれくらいいるんだ？」

僕は目を細める。

やっぱりそういう話の展開になるよね。予想通りだ。ここで嘘を言っても、すぐにバレてしまうのが目に見えている。

だから、僕は正直に答える。

「僕とソラだけです。他はご覧になった通り、亜人種で構成されています」

「なぜだい？」

「僕が目指している街が、そういう街だからです」

「亜人種だけの街かい？」

「いいえ、多種族が共存できる街です」

「ふっ、なるほどそうか。変わっていないようだね」

兄上は笑いながら軽い口調で言った。ゴルド兄さんだったらこんな反応はしないだろう。もっと高圧的に否定してくるに違いない。

「では、さらに尋ねよう。この街にはどんな価値があるんだ？　お前が目指している理想は、私たちグレーテル家にどんな利益をもたらしてくれる？」

ただし、勘違いしてはならないのが、兄上が優しいから僕の理想を否定しないわけじゃない、ということだ。

「よく話しているよね？　何かを始めるなら、常にグレーテル家にどんなメリットがあるのかを考えなくてはならない。私たちの行動が、グレーテル家の地位や評判に繋がるんだ」

兄上は家族の誰よりも、合理的で利己的な人だ。ゴルド兄さんや父上とは根本的に違う。

兄上は亜人種を嫌っていない。というより、興味関心がない。あの人の頭の中にあるのは、自分にとって有益か無益かだけだ。それが自分にとって有益ならば認め、無益ならば必要ないと切り捨てる。

亜人種も、世間一般では敬遠されているから、彼らと直接関わることが自分にとってリスクになると考えているだけだ。

たぶんこの人は、肉親であっても不必要なら切り捨てるんだろう。僕がこうして見捨てられていないのも、比較されることで自分の評判が上がるからだと、僕は勝手に思っている。

「街そのものは素晴らしかったよ。ただ、そこで暮らすのが亜人種だけとなれば、世間でどう思われるだろうか？　ましてや貴族の領地でとなれば、さらに厳しい目で見られると思わないかい？」

「そうですね」

兄上となら、こういう話の展開になるだろうと予想していた。

だから、僕も色々と準備してきた。兄上が来てくれたのは好都合だったと思う。父上やゴルド兄さんなら、きっと僕の話なんてまともに取り合ってくれない。だけど兄上なら話ができる。議論が意味を成す。

「その表情……何か考えているね？」

「はい。少し待っていていただけますか？」

僕はそう言って立ち上がる。

「実物を見てもらったほうが早いと思うので」

僕は一旦部屋を出て、予め用意しておいたものを持ってきた。それをテーブルの上に置くと、兄上の目の色が少し変わったように見える。

「武器と防具かい？　それもかなり上物だね」

「これは僕の街で作られたものです」

「へぇ、すごいね。一体誰が？」

「ドワーフたちです。この街の設備はほとんど彼らが建造したものです。彼らの技術力は、僕たち人間を遥かに上回っています」

「そのようだね」

「これを王国に献上しましょう。彼らの技術なら量産も可能です」

「ほう」

兄上の目つきがさらに変わる。

僕はそれを好機と捉え、駄目押しで言う。

「これだけじゃありませんよ。この街には僕たちが持ちえない技術を持った種族がたくさんいます。それらの品を提供しましょう。王国としても、これは有益だと思いますが」

「確かにそうだね。これを兵士に配布できたなら、国を守る力を強化できる。強いて問題点を言えば、亜人種が作ったという点をどう思われるかだが……そこは奴隷に作らせたと言えば収まるか」

「っ……彼らは奴隷ではありませんよ」

「それはお前の見方では、だろう？　奴隷と言ってしまったほうが、色々と楽だとは思うが」

「……どう思われようと構いません。ただ間違えないでいただきたい。彼らは無益でも無価値でもない」

「ふっ、確かに無益ではないようだね」

問答が終わる。途中で熱が入り、僕はいつの間にか立ったまま話していたようだ。落ち着いてから腰を下ろす。

「いいだろう。今の提案は、私から父上に上手く伝えておこう」

「ありがとうございます」

「ただし、全てがお前の思い通りに行くとは限らないからね？　自覚していると思うが、父上は特にお前には厳しいから」

「そうですね。わかっています」

最後のほうは感情的になってしまったけど、どうやら兄上はこの街を有益だと判断してくれたようだ。

だけど、やっぱり悔しいと思ってしまう。兄上が認めたのは、彼らそのものじゃなくて、技術に関してだけなんだ。性格とか特徴とか、そういうのは心底どうでも良いんだろう。

話が一段落ついて、僕と兄上は淹れなおしてもらった紅茶を飲む。カチャッと音を立てて戻すと、兄上が話し始めた。

「正直に言うとね。私は最初から、お前のやっていることを支持するつもりだったんだよ」

「えっ？」

僕はカップを下ろそうとした手を一瞬止めた。

思いがけない言葉に驚き、少し動揺したのだ。

「どうしてです？」

「お前は知らないと思うが、近年増えているそうなんだ、亜人種によるクーデターがね……」

それから兄上は、そのクーデターについて教えてくれた。

この国にいる亜人種のほとんどが奴隷だ。それ以外は隠れ住んでいるか、犯罪を犯して牢獄にいるかである。ただ隠れて住んでいるという理由で捕まってしまう場合もあるという。

奴隷は労働力として利用され、犯罪者となればもっと悲惨な末路が待っている。亜人たちがそういう待遇に不満を持つのは必然で、それに抗おうという動きを見せる者たちが現れた。

一部では解放運動と呼ばれているそうで、各地にいる亜人種の仲間を救出するべく、武装して領地や城へ乗り込んでいるという。

最初はポツリポツリとした小さな運動でしかなかったが、最近は規模が大きくなっているとのことだった。

解放運動のことは知っていたけど、増えているとは知らなかった。この領地に来てからは、国内よりむしろ国外へ出ることのほうが増えたからかな。開拓で忙しくて、国内の情勢に気を配る余裕がなかったのだ。

兄上は淡々と説明を続ける。

「三ヶ月ほど前、王城でそれについての会議が行われたんだ。私も父上と一緒に同席したが、そろそろ、解放運動を国としても無視できなくなってきたようでね。何か対策を、と論議がなされている最中なんだよ」

「対策も何も、彼らへの対応を変えない限り、どうにもならないと思いますが?」

僕がムッとしたように言うと、兄上は冷静に返す。

「私もそう思うよ。だが、国が簡単に変わると思うかい？」

僕は迷わず首を横に振った。

「その通りだよ。国としての主張は変えない。だからこそ、彼らは対応に困っている。そこで話題に上がったのが、お前とこの街だった」

グレーテル家の三男が、辺境の領地で亜人種の街を造ろうとしている。これは一歩間違えば国に対する反逆にも捉えられる蛮行(ばんこう)だ。しかし、国はこれを容認した。その理由が、亜人種のクーデターにあった。

「この国にも亜人種が暮らせる街がある――そう認識させることで、彼らの不安を一旦鎮(しず)めようと考えているみたいだよ。どこまで有効かは、今のところわからないがね」

「……そういうことでしたか」

僕は今の話で察した。

ずっと疑問だったんだ。どうして居住権の申請が、こうもあっさり通るのか。その答えが、兄上の話に含まれていた。

国は僕の街を、亜人種の不満を和らげる材料に使うつもりなんだ。もちろん、国としては推奨できないから、僕が勝手にしていることになっているらしいけど。まぁそこは間違いじゃないから否定しない。理由はどうであれ、僕としても街造りを障害なく進められるのは嬉しい話だ。

「ただし現状は、だよ。国の意向が今後も変わらないという保証はどこにもない。状況が変われば、手のひらを返すことも当然ありうる」

「そこは理解していますよ」

「本当にかい？」

「はい」

「そうか、ならば良い。ただもう一つだけ忠告しておこう。お前が心配すべきは、この国だけではないよ」

そう言い残し、兄上は馬車で父上のもとに報告しに戻っていった。

兄上と話ができたおかげで、国がどう考えているのかを知れたことは大きい。どうやら今のところは、この街を大きくしていっても問題はないようだ。

ただ、兄上も言っていたように、この状況が永遠に続くとは限らない。むしろ僕は、いずれ切り捨てられるのではないかと危惧（きぐ）している。


兄上が帰った後で、僕はソラたちを集めて今の話を伝えた。

聞き終わった直後にソラが言う。

「クーデターの矛先が、この街になったりはしないでしょうか？」

「そこは……まぁ、どうなんだろうね。この街についての情報が、どう広まるか次第じゃないかな」

兄上の話を聞いていたとき、僕もソラと同じような心配が頭に浮かんだ。

虚偽の情報を流せば、この街をクーデターの標的にすることも可能だと思う。もっと言えば、僕を亜人種迫害の元凶にすることだって、国ならできてしまうだろう。

「もしも間違って伝われば……」

「大丈夫だよ。そのときはちゃんと見てもらえば良い」

この街の姿を直接見れば、クーデターなんてする気はなくなるはずだ。彼らの願いが、本当に亜人種の解放なのだとしたらね。国としても、嘘がバレたときのしっぺ返しが怖いから、そうしないのかもしれないな。それに、この街は強力な結界で守られているから、そういう意味でも安心だ。

そこでユノが口を開いた。

「あとはあれじゃな。あやつが最後に言い残したセリフ……主は意味を理解しておるのか？」

「うん」

「ならば良い。最悪の場合、ここが戦場になるかもしれんからのう」

一難去ってまた一難。

僕の頭にはそんな言葉が浮かんでいた。

13　ユダの大樹

解放運動。

王都を中心に行われている亜人種のクーデターはそう呼ばれている。運動に参加している亜人たちの狙いは、捕らわれている同胞の解放と、亜人種への迫害をなくすこと。そのために収容施設や奴隷市場を襲撃し、強硬手段で解放を進めているそうだ。

しかし、運動のほとんどはすぐに鎮圧されてしまう。圧倒的な人数の差によって、彼らは為す術なく敗れ、仲間と一緒に牢へと入れられる。

それによって、運動はさらに過激になっているようだが、現状はまったく好転していなかった。

「う～ん……これって放置は良くないよね」

「む、なんの話じゃ？」

「解放運動だよ。この間少しだけ話したでしょ？」

「あぁ、その話か」

僕とユノは研究室で作業中だった。

やっているのは、発電システムの改良に向けた準備だ。最近さらに人口が増えてきて、消費電力もうなぎ登り。そのせいで電力供給が追いつかなくなっている。

僕は作業を続けながら、頭の中で考えていたことを彼女に話す。

「このまま運動が激化したら、奴隷にされてる亜人たちの扱いも悪化するでしょ。ここで暮らしているみんなだって、野蛮だとか危険だって思われちゃうよ」

「まぁそうじゃろうな。じゃがそうならんために、あやつはこの街を利用すると言っておったのじゃろう？」

「そうだけど、そんなに都合良くいくかな？　あんまり考えたくないけどさ」

国が亜人種を完全に敵と判断したら、この街も弾圧の標的にされてしまうんじゃないか。僕はそれが怖くて仕方がない。彼らが頑張って作り上げてくれた街が、国によって滅ぼされてしまうんじゃないか。彼らの同胞の間違った努力がその発端となってしまったら——僕はやりきれない思いで押し潰されてしまいそうになる。

僕は歯を食いしばりながら呟く。

「……もし可能なら止めたい」

「どうやって？」

「直接会って話したい」

「その程度で止めてくれるかのう」

「どうだろうね」

言葉がどれくらい有効なのかはわからない。とはいえ、現状が好転していないことには気付いていると思いたい。

これ以上続けても、良い未来が訪れないと感じているなら、話も通じるかもしれないな。

その日から一週間が経過した。

兄上が動いてくれたのか、王都を中心に僕らの街の存在が噂されるようになった。そのおかげで、解放運動に参加していた亜人種の一部が、この街に移住したいと申し出てきた。

「計六百三名、この街の住人になることを許可します」

「あ、ありがとうございます！」

僕は執務室で、代表の三人と対面で話をしていた。

三桁の大人数で結界の外に集まってきたときには、襲撃でもされるんじゃないかと冷や冷やした。

話を聞いてみると、彼らは同じ場所に住んでいたわけではなく、この街に向かう道中でバッタリ出くわしたようだ。そこから目的が一緒ということで、大きな集団になってここを目指してきたらしい。

「皆さんは解放運動に参加されていたんですよね？」

「はい」

「全員が？」

「い、いえ大人だけです。子供たちは何も知りません」

「そうなんですね……皆さん以外にも残っているんですよね」

「はい、我々はほんの一部に過ぎませんので」

彼らの話によれば、解放運動に参加している亜人種は三千人以上いるらしい。各地に小さな拠点があり、そこで潜伏しながら機を窺（うかが）っているそうだ。

「元々は倍くらい仲間がいたんです。皆捕らえられてしまいましたが……」

「だから、皆さんはこの街へ来たんですね」

「はい。我々はこれ以上、仲間や家族を失いたくありません」

捕らえられた同胞への無念を振り切り、彼らは安住の地へ移る決意をした。他の仲間からは裏切りだと罵（のの）しられた者も少なくないだろう。それでも、子供たちの未来まで奪いたくないと、悔しさや悲しさを噛みしめて決断したんだ。

僕はその決断を支持する。争うだけでは何も生まれない。力だけでは何も救えない。それどころか、守れたはずのものまで零れ落ちてしまう。彼らはそれを悟ったんだ。

「ですが、我々以外は違います。彼らはたとえ最後の一人になっても、抗い続けると言っていましたから」

「そんなことをしても……」

誰も幸せにはなれない。

そう感じながらも、口に出して言えはしなかった。それは、追い詰められている心に刃を突き立てるのと同じだからだ。

僕は意を決して彼らに尋ねる。

「あの、解放運動の主な拠点の場所はご存知ですか？」

「はい」

「教えてもらえないですか？　僕はそこへ行って、直接話がしたいんです」

「しょ、正気ですか？　話す前に攻撃されるかもしれませんよ!?」

「そのときはまぁ……そのときです。大丈夫、僕はこう見えても強いですから。それに一人で行くわけではないので」

例によってユノも一緒に来てもらうつもりだ。彼女と僕の二人なら、たとえ何千人が相手でも負けない。

まあ、争うつもりはないので、攻撃されたらそそくさと逃げるけど。

「とにかく会ってみないとわかりません。このまま運動が続けば、この街が皆さんにとって安住の地ではなくなってしまうかもしれない。何より彼らが報われませんから」

「……わかりました。ウィリアム様、仲間をお願いします」

「はい」

彼らによると、解放運動をしている亜人種たちの拠点は十箇所以上あるらしい。その中でも主要な拠点と言えるのは、王都から最も近い場所にあるそうだ。

「地図だとこの辺りです」

「ここって確か、アテナの湖がある場所だよね」

「あぁ、あのやたらと綺麗なだけの水溜りじゃな」

「なんだか棘（とげ）がある言い方だね、ユノ」

「気のせいじゃろ」

アテナの湖は、この国で一番大きくて美しいとされる湖だ。僕も一度だけ観光に行ったことがあるけど、とても澄んでいて綺麗だったのを覚えている。その記憶をたどってみても、大人数が隠れ住めそうなスペースはなかったような……

「地下じゃろ。大体いつもそんな感じだしのう」

「はい。湖の地下に大きな空間があるんです」

「ほらのう」

ユノは自慢げに胸を張った。

教えてくれた彼は、場所を知っていても入り口までは知らないらしい。それを知っているのは、湖の地下で暮らす人たちと、リーダーを含む主要人物のみだそうだ。

「情報漏れを防ぐためじゃな」

「そうだろうね。でも、あるってことだけわかればなんとかなるよ」

「じゃな。いつ出発するつもりじゃ？」

「準備ができ次第すぐに。可能なら今からでも行きたいかな」

彼らの抱える憤り（いきどお）がどの程度のものなのか、なるべく早く確かめたいと思った。ユノが黙って頷いてくれたので、僕は急いで出発の準備に取りかかった。


昼食を終えてから、僕とユノは出発するために玄関へ向かう。

「一応用心しておけ。相手が友好的とは限らんからのう」

「わかってるよ。それじゃ、行ってくるからね」

「お気をつけて」

ソラたちに見送られ、僕とユノは屋敷を出発した。いつものようにユノの扉を潜る。移動した先は、王都にある僕の元別荘だ。

「久しぶりに来たが、なんというか……寂しくなったのう」

人気（ひとけ）のなくなった屋敷を見渡して、ユノはそんな感想を口にした。

「仕方がないよ。僕らが出て以来、ここは誰も使っていないんだから」

元々使い道がない別荘だったんだ。今となっては誰も住むことはない。たぶん、取り壊すまでこのままだろうと思う。こうして中継地点として使えているから、そこに関しては助かっているけど。

ただ、ユノの言う通り、寂しいとは思った。殺風景になった屋敷を見渡すと、今でもみんなと過ごした景色が浮かんでくるようだ。

「行こうか」

「うむ」

少し感慨に耽（ふけ）った後、屋敷を出た。振り返ることなく、王都の外へと歩を進める。

街中を歩いていると、住人たちがヒソヒソ話をしていた。僕のことを話題にしているらしい。

きっと兄上が広めた噂話をしているんだろう。そう思って、僕は聞き耳を立てながらゆっくり歩いた。

「ねぇ、あの方よね」

「そうよ、どうしてここにいるのかしら？」

「そうよね。確か遠いところに追い出されたんでしょ？」

「そうそう。そこで亜人の街を造っているそうよ」

「まぁ、なんて汚らわしい。隣に連れているのも亜人なのかしら」

「きっとそうよ。あんな変わり者を抱えているなんて、グレーテル家も大変ね」

聞き耳を立てていた僕は、思わず苦笑いする。

「酷い言われようだな～」

まぁ今さらなんだけどね。昔から、こういう扱いを受けてきたんだ。最近は忘れていたのに、ここに来て思い出してしまったな……

「大丈夫か？」

「うん、平気だよ」

ユノは心配して声をかけてくれた。

それにしても、あまり良い噂としては広まっていないみたいだ。いや、人間の目線で言えば当然なのか。亜人種からすれば、どんな風に映っているのかな。そこが気になるところだね。

「いっそ直接聞いてみようかな」

「やめておけ。どうせ冷たくあしらわれるだけじゃ」

「そうだよね」

「少し足を速めるぞ。ここにいると気分が悪くなる」

ユノは険しい表情でそう言った。彼女は僕のために怒ってくれている。僕は言われた通りに少し早歩きで歩を進めた。

それから馬を借りて、王都の外へと出る。距離的には一時間も走れば到着できる程度だ。ユノは後ろに乗って、僕の腰に抱きついていた。


一時間後——目的の湖周辺に到着した。この辺りには魔物は生息していない。とはいえ何かあると怖いので、安全な場所を見つけて馬を休めておくことにした。そこからは徒歩だ。

僕らは湖を目指して歩いていく。

そして——ようやくアテナの湖に到着した。透き通るエメラルドグリーンの湖だ。底まで十メートル以上あるのに、上からくっきりと底の様子が見える。優雅に泳ぐ魚も、普通の川や湖では見かけない、とても綺麗な種類が多いようだ。

「二度目だけど、やっぱり綺麗な湖だね」

「……綺麗なだけじゃろ」

ユノはまたしても棘のある言い方をした。

「あのさユノ、ここに嫌な思い出でもあるの?」

「別にないが」

「だったらどうして、そんなに不機嫌なの？」

ユノはすぐには答えなかったけど、やがてため息をついて、こう言った。

「大昔、ワシのことを苛めてきた同胞と、名前が同じなんじゃよ」

「えっ、そうなの？」

「うむ。じゃから、思い出すんじゃよ」

ユノは煮え湯を飲まされたような苦い表情をしていた。僕が知らない彼女の過去に、少しだけ触れたようだ。

それはさておき、ユノを苛めるって、どういう人だったんだろうなぁ。

僕とユノは湖の周りをぐるりと一周した。入り口らしきものは見当たらない。

綺麗な湖のそばには、特に変わったものもなかった。

最初の場所に戻って立ち止まると、ユノの力で地下を確認する。

「どう？」

「うむ、確かに何かはあるようじゃな」

「入り口は見つけられそう？」

「まぁ一応……」

「ユノ？」

「……こっちじゃ」

ユノは微妙な反応を見せた。彼女に案内され、湖の反対側へと移動する。ユノが立ち止まったのは、さっきも通った場所だった。

「ここじゃな」

「えっ、そうなの？」

僕はキョロキョロと辺りを見渡す。先ほどとまったく同じ景色だ。湖の中を覗き込んでも、穴みたいなものはない。

違和感に気付いたのは、僕がしゃがみこんで地面に手をついたときだった。

「これ……」

「気付いたか」

微弱だけど下から魔力を感じる。おそらくなんらかの仕掛けがあって、入り口が隠されているのだろう。

「でも曖昧すぎないかな？　感じる魔力もなんというか、あるのかないのかわからない程度だし」

「そこもぼかしておるんじゃろ。幻惑（げんわく）系の魔法の一種じゃな」

「だったら解除すれば問題ないんだね」

「通るだけならそうじゃな。じゃが主よ、そうなれば隠された通り道が露わになるが？」

「あぁー、それは困るかな」

見られたくないから隠しているんだろう。それを無理やり剥がしたら、彼らはきっと怒ってしまうに違いない。

「じゃあどうするの？　呼びかけたら出てくるとも思えないけど」

「案ずることはない。こういう仕掛けの類は、通るのに特定の作法があるんじゃよ。そうでなければ、鍵でも持っておらんと通れん」

「それって後者だったら無理じゃないの？　鍵なんて持ってないし」

「そうなるのう。じゃがワシの予想では、前者の可能性が高いと踏んでおる」

「へぇ、それはまたどうして？」

「鍵を作るにも資材がいるじゃろ？　国から追われている身で、そこまで充実しておるとは思えん。全員分揃えるとなればなおさらじゃ」

「そういうことね」

ただの推測でしかないとはいえ、彼女の言っていることは間違っていないと思う。

そういうわけで、僕らは入り口へ入るための作法というのを模索し始めた。

それにはあまり時間を必要としなかった。作法は実に単純だったからだ。

「目を瞑って通ること……たったそれだけなんだね」

「じゃな」

見えないものを見るために、あえて目を瞑ると言うのは、普通なら思いつかない発想だ。だからこそ、知らなければ誰も入り口にたどり着けない仕組みになっているようだ。

目を瞑ると、僕らの目の前に、斜めに掘られた穴と、そこに続く螺旋階段が現れた。階段には明かりもなくて、どこまで続いているのかもわからない。

「下りてみればわかるよね」

「うむ、トラップの類はなさそうじゃしな」

僕らはそのまま階段を下っていく。螺旋階段は湖の外周に沿って続いている感じだった。少しずつ肌に感じる空気が変化していく。

しばらく進むと、明かりが見えた。

そして――広がっていたのは、巨大な木の街だった。生い茂る緑の葉と、百メートルはあろう巨大な樹木が聳え立っている。大樹の枝や根に沿って足場が組まれ、そこに建物がいくつも立っているのがわかる。

「すごい……これが彼らの拠点なのか？」

「驚いたのう。まさか、まだ現代に残っていたとは」

「残っていた？」

「あれは【ユダの大樹】と言う、大昔に世界樹と呼ばれた木じゃ」

この世界で最も大きな樹木。多くの命を育み、災害から人々を守ってきた大自然の要塞。それこそがユダの大樹なのだと、ユノは語った。

「ワシが生まれてすぐの頃じゃ。こういう街をいくつか見たことがある」

「そんな昔から？　じゃあこの街は……」

「いいや、おそらくまだ新しい街じゃ。ワシの知っているユダは、これの倍はあったからのう」

「ば、倍!?」

僕は思わず大声を出してしまった。

今でさえ、とんでもないほど大きな木なのに、まだ成長途中だというのか。スケールの違いに驚愕する。そして僕の声は、大樹に住まう彼らに聞こえていたようだ。大樹の街がざわつく。

僕たちに気付いたらしく、武装した獣人が集まり、螺旋階段を駆け上ってくる。

「バレたようじゃな」

「この状況まずいかも……」

彼らはしっかり武装しているし、おそらく僕らを敵だと思っている。とはいえこのまま退散するわけにもいかず、僕たちはその場で待つことにした。

やってきたのは狐獣人の武人、約二十名ほどだった。とっさに動けたのがこの人数だったのだろう。後ろを見ると、奥からゾロゾロと援軍が上ってきている。一人が、刀の切っ先をこちらに向けながら僕らに問う。

「何者だ貴様ら！　王国の手の者か！」

「ち、違います！　僕らは怪しい者ではありません」

「何を戯けたことを！　貴様は人間だろう！」

まさしくその通りだった。しかし、どうすればこの状況で怪しい者じゃないと思ってもらえるのかわからない。

すると、ユノが前に出る。

「落ち着くのじゃ狐の民よ。ワシらは主らの敵ではない」

「……貴様は、人間ではないな？」

「うむ、ワシは神祖じゃ」

「神祖だと!?」

狐獣人たちはざわめき出した。神祖という名前は、それほどにインパクトがあったようだ。しかし、まだ信じられない様子の彼らに、ユノは自分の腕に切り傷をつけて見せる。

「ほれ見よ、これが証拠じゃ」

彼女が自分でつけた傷は、瞬く間に治癒した。これで少なくとも、彼女が人間ではないことの証明ができただろう。

「……ならば何者だ？　あなたは神祖だとしても、隣にいるのは人間だろう」

男の口調が少し柔らかくなる。何人かは武器をすでに下ろしていた。

僕は自分の胸に手を当て、戦う意思がないことを示しながら、穏やかな表情で自己紹介をする。

「お騒がせして申し訳ありません。僕の名前はウィリアム・グレーテルです」

「ウィリアム？　まさかお前が噂の……」

彼らは僕の名前を知っているようだ。どうやら兄上が流した噂は、こんな場所にも届いていたらしい。

彼らの表情が警戒から困惑へ変わり、さらに柔らかくなっていく。

「今日は皆さんとお話がしたくて来たんです。少しお時間をいただけないでしょうか？」

「……ここで待っていろ。長に確認をとってくる」

「はい、お願いします」

どうやら話が通じる程度には信用してくれたようだ。武人の一人がその場から立ち去り、他の者たちは僕らを見張っている。

十分ほど待って、彼が戻ってきた。

「長の許可が出た。案内するからついて来い」

「ありがとうございます」

僕らは男に案内され、大樹の街中へと入る。大樹の中は外から見るのとはまた違った雰囲気があった。より幻想的で神秘的な景色は、僕の街にもない魅力だった。

僕は思わず口にする。

「すごいですね。これを皆さんが造ったんですか？」

「いいや、我々ではない。数世代前の先祖が造り上げ、現代に至るまで受け継がれているに過ぎん」

「なおすごいですね。そんな昔に、これほどの技術があったなんて」

少なからず建築に触れている今だからわかる。木の根や枝に沿って街を造るなんて、どれだけ経験を積んでも難しい。狐の獣人は、ドワーフみたいに職人気質の人たちが多いのだろうか。彼らを見る限りだと、とてもそうは思えないんだけどな。

「なんだ？　何か言いたげだが？」

「あっ、すみません！　特に何もないんですが……その……」

僕は彼を見つめる。

「ちょっと昔を思い出しただけです」

そう、僕は思い出していた。それは十年以上前の記憶だ。

魔法が使えないことに絶望して家を飛び出したあの日、偶然出会った狐の獣人の女の子。どれだけ時間が過ぎても、決して忘れないと誓った過去。打ちのめされた僕に光を灯してくれた、金色の狐少女との出会い。

もしかすると、あの子はここにいるのかもしれない。なぜかそんな期待を感じ、僕は案内してくれている狐の獣人に質問する。

「狐の獣人は、ここに住んでいる方々だけなんですか？」

「なぜ、そんなことを聞く？」

「いえ、単に気になったので」

「……さぁな、我々も全てを把握しているわけではない」

「そう……なんですか」

「ただ一つ確かなことは、ここ以外に我々が安心して暮らせる場所など、存在しないということだ」

彼の言葉には、棘と重みがこもっていた。

亜人種と接するたびに感じることだけど、それぞれに何か悲しい過去を持っているんだな。人間が彼らに偏見を持つように、彼らも僕らに偏見を持っている。

「ここだ」

到着したのは、大樹の最上部にある神社のような建物だった。護衛の槍を持った男が、門番のように立っている。

「さぁ中へ、長がお待ちだ」

僕は深呼吸をしてから彼に続いた。閉ざされた襖(ふすま)を開ける。上座に座っていた女性に、僕は目を奪われた。

「ようこそお越しくださいました」

その女性の姿は、僕の記憶に住む狐獣人の女の子の容姿によく似ていた。

金色の長い髪に、チョコレートのような色をした耳。瞳の色は宝石のような青で、ふさふさとした尻尾を寝かせている。穏やかに笑う表情が、かつての記憶と重なる。

「初めまして。私がこの街の長スメラギと申します」

「ワシはユノじゃ」

女性の丁寧な挨拶に、ユノがすぐに名乗った。次は僕が名乗る番だと思っていたのに……

「……」

言葉が出なかった。

あの頃の記憶が、鮮明に再生されていく。

似ている、彼女によく似ている。あのとき僕を助けてくれた彼女に、この人はそっくりだ。まるであの子が成長したような――

「ウィル？」

「どうかなさいましたか？」

「――あっ、す、すみません。なんの話でしたっけ？」

「おいおいしっかりするんじゃ。今は自己紹介をしておるだけじゃよ」

「そ、そうだったね。僕はウィリアム・グレーテルです」

二人の声を聞いて、僕は現実に戻ってきた。

冷静になって考えてみよう。僕の記憶が正しければ、あのとき会った女の子は僕と同じくらいの年だった。

この人は確かに似ているけど、見た目から明らかに僕よりも五歳以上は年上だ。あの子じゃない。他人の空似(そらに)だったかな……

「失礼しました。無作法に領地へ入り込んでしまったことを、お詫び申し上げます」

僕は気を取り直して謝罪から入った。

するとスメラギは、にこりと優しく笑って応える。

「謝罪は必要ありません。あなた方が今日、ここへいらっしゃることを、私は存じ上げておりましたから」

「えっ――」

今、この人はなんて言ったんだ？　過去の記憶の次は、疑問が思考をかき乱す。戸惑う僕を尻目に、ユノは悟ったような表情を見せていた。

スメラギは僕らを案内してくれた男に声をかける。

「ごめんなさい、イオリ。あなたたちは席を外してもらえますか？」

「なっ、いけませんスメラギ様！　この者らはまだ――」

「心配はいりません。あなたも、私の力を知っているでしょう？」

「見えているのですか？」

「ええ、だから大丈夫」

「……わかりました」

納得しきれないという表情のイオリ。それでも引き下がり、僕らに視線で訴えながら去っていく。あの目は、手出ししたら許さない、という無言のアピールだ。

僕はスメラギに尋ねる。

「どうして護衛を外されたんですか？」

「必要ないからです。あなた方は、害をなす者ではありませんので」

彼女はそう断言した。やはり何かがおかしい。

「それに、これからする話を、他の者たちに聞かれたくありませんからね」

すると、ユノ言い放つ。

「その物言い……やはり主は【未来視】の持ち主じゃな」

「さすが神祖様、その通りでございます」

未来視とは、その名の通り未来を見ることができる力だ。魔法とは異なり、先天的に得られる才能の一つである。

ユノが感心するように言う。

「ワシの知り合いにも何人かおったが、まさか現代にもいるとは驚きじゃ」

「私どもからすれば、神祖様がご健在でいらっしゃることが信じられません」

「じゃろうな。ワシも自分で驚いておるくらいじゃ」

「未来視……本当に実在したんですね」

僕も過去の資料で名前を見たことがあった。未来を見るなんて荒唐無稽な神業を、にわかに信じられず、ただの迷信なのではないかと思っていた時期もあるくらいだ。

スメラギは笑みをたたえながら話す。

「とはいえ、私の未来視で見えるのは、自分に関することだけです。あなた方のことも、全てを知っているわけではありません」

「いや、それでも十分にすごい力ですよ」

「使い手は主だけか？」

「今はそうですね」

「今は？」

「私の一族では、数年に一人この目を持って生まれる者がいるんです。そうして代々伝わってきた力だと聞かされています」

「なるほどな」

スメラギの話によると、彼女の両親と祖父母は持っていなかったらしい。また受け継ぐのは女性だけで、男性の発現者は過去に一人もいないそうだ。彼女の一族は、巫女（みこ）の一族と呼ばれ、この大樹を代々治めてきたという。

その後、少しだけ他愛のない話を彼女と交わした。

終始穏やかに話す彼女を見て、僕は疑問に思っていた。こんなにも優しそうな人が、クーデターの首謀者なのか？　とてもそうは見えない。もしかすると、穏やかさの裏に隠れた過激さを持っているのか。いや……たぶん違う。直感でしかないのだけれど、この人はたぶん心から優しい人だ。

僕がそんな風に考えていると、スメラギが告げる。

「さて、そろそろ本題に入りましょうか」

「そうじゃな。ワシらも無駄話をしに、こんな場所まで来たわけではあるまい」

「うん」

僕も、話を進めたほうが良いと感じた。ごほんとわざとらしく咳払いをする。

それから呼吸を整えて真剣な表情を作り、こう切り出す。

「僕たちは、クーデターを止めるためにここへ来ました」

「……はい、存じ上げております」

やっぱりかと僕は思う。未来視を持っていて、僕らが来ることを知っていたのなら、その理由も把握しているだろうと、僕はわかった上で口にした。僕らが本気でそう思っていることを、彼女に伝えるために。

「理由をお聞かせくださいませんか？」

おそらく彼女はその答えを把握しているが、あえて口にしたのだと思う。彼女にとっては確認だ。僕らがどう考えているのかを、目ではなく耳で直接聞きたいのだろう。

その意図を察して、僕は答える。

「僕らは街を造っています。亜人種が安心して暮らせる街にすることが、僕の夢なんです」

彼女は黙って聞いていた。それから僕は自分の夢を語り、今はどこまで達成しているのかも話した。ユノが真剣な表情で言う。

「クーデターを続ければ、いずれワシらの街にも影響は出るじゃろう。もちろん考えておるのは悪影響のほうじゃ」

「僕らはそれを食い止めたい。だけど、あなた方にも理由があるんだと思いました。クーデターを続けなければならない理由が」

クーデターを続けても被害が増えるだけだ。そこまで彼らは馬鹿じゃないと、僕は考えていた。

現に今日、ここを訪れたときも問答無用で攻撃することなく、僕らに言葉を投げかけてきた。

トップである彼女も、悪戯に仲間を危険に晒すような人には見えない。なおのこと、彼らの行動には理由があるのだと感じた。

「そうですね……私としても、止められるならそうしたいと思います」

「その言い方、やっぱり何かあるんですね？」

スメラギは僕を見てこくりと頷き、肯定した。それからクーデターを起こすに至る経緯を語り始める。

彼女たちはこの木を【日輪大樹】と呼んでいた。そしてこの大樹のもとにできた街を、ヒノトの街と名づけたそうだ。

十年ほど前まで、ここはもっと賑やかな街だった。

しかしそうした日常は、ある日突然終わってしまう。

当時、街を仕切っていたのはスメラギではなく、彼女の夫であるトウヤだった。そして、彼女たちには一人の娘がいた。名前はヒナタという。彼女も母であるスメラギと同じく、未来視の持ち主だった。それもヒナタの未来視は、自分だけではなく他人の未来までをも見ることができた。

二代続けて保有者が現れることも稀だったが、ヒナタほど強力な未来視の持ち主は他にいなかった。

だからこそ、彼女は狙われてしまった。

王国の上層部は彼女の存在を知り、手に入れようと画策。計画は実行に移され、彼女は罪人として捕らえられたのだ。幼かった彼女は、その未来を予見することができなかった。

トウヤを筆頭に、街中の人たちが怒りに震えた。そうして彼らは王国と戦うことを決意する。

しかし、戦力には決定的な差があった。彼らの進軍は、王都へ届く前に食い止められてしまう。

そして戦いに出た者たちは、全員殺されてしまった。もちろん、スメラギの夫であるトウヤも……

スメラギはこの話をしている最中、何度も泣きそうな顔をした。その都度涙をぐっと堪え、言葉を途切れさせることなく続けた。

僕らは最後まで黙ってその話を聞いていた。

「そんなことが……僕も初めて知りました」

「揉み消されておったんじゃろ」

僕らに伝わっている情報では、彼女が話した戦いは起きていない。貴族である僕の家にも伝わっていないとなれば、国の本当にごく一部の人間しか知らないのだろう。

「つまりあれか。主らがクーデターを起こすのは、過去の復讐と……」

「捕らえられている娘さんを助けるため、ですね」

「はい」

ヒナタはもうすぐ十七歳になるらしい。スメラギは我が子を思い出すたび、涙が溢れそうになると話した。

「私は争いを好みません。本当なら、これ以上の犠牲を出してほしくない……でも、諦められないのです。まだあの子が生きているなら、もう一度会いたいと思うのです」

その思いを、仲間たちは察していた。他にも同じような憤りを抱いている同胞たちは多くいる。だから止められない。止めたくても止めたくない、そう彼女は話した。

「ウィリアム様、神祖様……どうか私たちを……救ってはくださいませんか」

最後に彼女は懇願した。縋るような目で。

僕はその問いに——

「はい」とは答えられない。

世に残された唯一の肉親をどうにかして助けたいという願いは痛いほどわかる。

もちろん僕だって本当は助けてあげたいと思う。ヒナタはおそらく国政に利用されているのだろう。それはあまりにも理不尽で、許しがたいことだ。彼らがクーデターを起こす理由は理解できるし、それを止められないこともわかった。

「……すみません。僕らは、あなたの願いに応えられない」

心苦しい。助けてあげたいと思うのに、それが難しいと理性が言っている。

相手は王国だ。下手な動きをすれば、僕らまで反逆者扱いを受けかねない。僕はそれでも構わないけど、僕の街に住む人々にまで危険が及ぶかもしれない。それは絶対に良くないことだ。

「本当に……ごめんなさい」

「……いえ、謝らないでください。あなたは何も悪くないのですから」

「でも……僕の国でもあるんです。曲がりなりにも僕は貴族の一人だ。少なからず責任はあります」

知らなかったでは済まされない。亜人種たちが安心して暮らせる街を造ろう。そう目標に掲げた僕にとって、これは由々しき問題だった。

なんとかできないだろうか。思考をフル回転させるが、良い方法は浮かばない。肩を落とすスメラギを見て、僕は申し訳ない気持ちになった。

話はそこで終わった。

これ以上は何も進展しない。彼女たちはこれからも王国に抗い続けるだろう。僕はそれを止めたいけど、止められないこともわかってしまった。

「今日は来てくださってありがとうございました。お会いできて嬉しかったです」

「いえ……こちらこそ」

「そんな顔をしないでください。あなたは何も間違ってはいないのですから」

「……はい」

「それではまた……あ、もしよければこれを」

別れ際、スメラギから一枚の紙を渡された。

僕はそれを受け取り、視線を落とす。

「それが私の娘ヒナタの写真です。捕らえられる前のものですが」

写真に写った女の子を見て、僕は驚きはしなかった。話を聞いている中で、もしかするとそうなんじゃないかという予想があったから。

でも、それを見た瞬間は、ただただ悲しかった。

手渡された写真に写っていたのは、紛れもなく——忘れもしないあの女の子だった。

僕らは屋敷に帰還した。いつの間にか日が落ちていたらしく、帰ったときには月が出ていた。玄関に戻ると、最初に出迎えてくれたのはソラだった。

「お帰りなさいませ、ウィル様」

「ただいま」

「随分お疲れの様子ですが、何かトラブルでもあったんですか？」

「ううん、大丈夫だよ」

「そうですか。もう少しで夕食の支度が整いますので、今しばらくお待ちください」

「うん、ありがとう」

それからみんなで夕食を済ませ、風呂に入って寝室へ戻る。ベッドに転がり込んでから、天井を見上げて今日のことを思い返す。

「……あーもうっ、なんでこんな……」

これが運命だとしたら、呪ってしまいたいとすら思う。写真に写っていた彼女は、見間違えるはずもない。ずっと記憶の中で生き続けてきたんだから。

あれからさらに、どうにかして助けられないか、という想いが強くなった。クーデターのこともあるけど、単純に僕が彼女ともう一度会いたいからだ。だけど、その彼女は王国に捕らえられている。

「どうすれば良い……どうすれば……」

思考は堂々巡りだ。助け出すだけなら不可能じゃない。僕やユノの力を使えば、どこに捕らえられていても関係ない。

しかしその場合、僕らは王国を敵に回すことになるだろう。

せっかく街として少しずつ育ってきたのに、ここで大きな火種を生むことは良くない。住民の不安を煽(あお)ることになる。

「……やっぱり無理なのかな……」

「何がですか？」

「だから——ってソラ!?」

いつの間にか、ソラがベッドの横に立っていた。僕が慌てて起き上がると、彼女は呆れたような表情で言う。

「はぁ……声かけもノックもしたのですが」

「ご、ごめん。全然気付かなかったよ」

「やはり何かあったんですよね？　ウィル様らしくありません」

「……うん、まぁね」

ソラは心配そうに僕を見つめる。僕はベッドの端に座り、彼女にも隣に座るよう促す。

「話を聞いてくれるかな？」

「もちろんです」

僕はソラに話した。大樹での出来事をそのまま伝えた。助けたいけど良い方法が思いつかないという悩みも打ち明けた。

「助けたいのですね？」

「うん」

「だったら助けましょう」

「えっ？」

ソラはあっさりそう口にした。

僕は思わず聞き返す。

「今の話聞いてたよね？　助けたくても方法が……」

「なら、その方法を探しましょう」

「いや、だからさ……」

言い返そうとする僕に、彼女は呆れながら言う。

「ウィル様らしくありませんね。助けたいと思うなら、助けるための方法を考えればいいのです。方法がないのなら、作ってしまえばいいでしょう？」

「簡単に言わないでよ。相手は王国なんだ……もし間違えれば……」

「ウィル様ならできます。というより、これまでだってそうしてきたじゃないですか」

「これまで？」

「はい。あの日からずっと、ウィル様は色々なものと戦ってきましたよね？　そして、どんな逆境も不可能も、あなたは笑って切り抜けてきた。この街造りだって、一つとして簡単だったことはなかったと思います」

「まぁ……そうだね。大変だったよ」

「だったらやることは一緒です。これまで通り、困難に立ち向かって勝てばいい。ウィル様にはそれができます。ずっとおそばで見てきた私が言うんですから、間違いありませんよ」

「……」

「それに、無理だと言って諦められるほど、ウィル様にとって些細なことでもないのでしょう？」

「……うん」

ソラの言う通り、諦められないと思う。もっと正確に言えば、諦めたくないと思う。

「なら答えは一つでしょう。仮にこれが運命だとするなら、それに打ち勝つ方法を考えるしかないんです。諦められないのなら、方法を模索し続けるしかないんですよ」

「……そうだね。諦められないなら」

どうにかする方法を見つけ出す。今の僕には背負っているものがあるから、簡単には見つからな

いかもしれない。それでも彼女の言う通り、考え続けるしかないんだ。だって割り切れないし、諦められないんだから。

答えは最初から決まっていた。僕は彼女を助けたいし、この街を危険に晒したくもない。ならばその両方を達成できる方法を考えよう。

「ソラ……一緒に考えてくれるかい？」

「もちろん。私はウィル様のメイドですから」

一人で考えられないなら二人。二人でも無理なら、三人で考える。それでも無理なら、みんなに一緒に考えてもらおう。そうやって意地の悪い運命に立ち向かっていこう。これまで通り、これからもずっと。

14　決別

捕らわれているヒナタを救う。この街や住人も危険には晒さない。どちらも叶えられる方法を模索する。

ソラに諭され、決心した次の日だった。

これも運命というやつなのだろうか。示し合わせたように、あの方が来訪されたんだ。

「ウィル様大変だよ！」

勢い良く扉を開けたのはニーナだった。普段からせわしない彼女だが、いつも以上に焦っている様子だ。

「どうしたの？」

「おっ、王女様が来てるんだよ！」

「えっ――」

ニーナの話では、結界の外に王女様を乗せた馬車がスタンバイしているようだ。

僕はすぐに結界の中へ通すように伝達して、自分は屋敷の前でソラたちと出迎えることにした。同時に住人たちにも事情を伝える。

「ウィル様、なぜ王女様がお越しになられたのでしょうか？」

「わからない」

思い当たる節がないわけじゃなかった。それも確信には程遠いので、今は口にできない。この中で王女様と面識があるのは、僕とソラだけだ。他のみんなは、映像や写真では見たことがあっても、直接会うのは初めてだろう。そのせいもあって、かなり緊張している様子が窺える。

「大丈夫だよ。たぶん、みんなが思っているようなことにはならないと思うから」

王女様が来た理由が僕の予想している通りなら、むしろ彼女たちにも友好的に接するかもしれない。

視線の先に、豪勢な馬車が見えてくる。王国の紋章が掲げられた馬車は、僕らの屋敷前で停車した。先に降りてきた兵士が、馬車の出入り口に手を差し伸べる。その手を掴み、場に似合わないドレス姿で現れた金髪の女性こそ、ウェストニカ王国の第一王女レミリア・リハベスト様だ。

「ようこそお越しくださいました。レミリア王女殿下」

「ええ、久しぶりね。ウィリアム」

王女様はニコリと微笑んで応えた。そのまま僕の前まで来て立ち止まる。

「知らせもなく来てしまってごめんなさいね」

「いえ、滅相もない。それで此度はどのような用件でお越しに？」

「あなたと話したいことがあって来たのよ。少し時間をいただけるかしら？」

「もちろんです。では中へ」

「ありがとう」

僕は王女様を屋敷の中に案内する。すれ違いざまに、王女様はメイドたちに微笑みながら会釈をしていた。

そのまま案内したのは応接室だ。王女様は部下に命じ、自分と僕以外は部屋の外で待機しているように言う。僕からも、ソラたちには待っていてもらうように頼んだ。

そうして応接室で、僕と王女様は二人きりになる。

「さて……そろそろいいわよね」

「ええ」

王女様は大きくため息を零す。

「ちょっと遠すぎるわよ！　なんでこんな場所で領主なんてしてるのよ」

「いや、そんなこと僕に言われても……」

「ずっと馬車に揺られていたからお尻が痛くなっちゃった。それにしても、あなたは相変わらずね」

「王女様も、お変わりないご様子で」

二人きりになった途端、彼女は砕けた話し方になった。どういうことかというと、僕と王女様はちょっと特殊な関係なのだ。特殊といっても変な意味じゃない。僕は王女様と、とある約束を交わしていた。その約束というのが——

「今日来たのって、やっぱり兄上のことですか？」

「ええ、もちろんその通りよ。先日ここへ訪れたと聞いたから、どんな話をしたのか聞きに来たの」

「そうだろうと思いましたよ……でもせめて来る前に連絡くらいくださいね。このことを知っているのは、僕と王女様だけなんですから」

「別に問題ないでしょ？　他の人のことなんてどうでもいいんだから」

「はぁ……本当に相変わらずですね」

「いいから早く話してちょうだい。ユリウス様とどんな話をしたのかしら？」

「はいはい」

　王女様は兄上に惚れている。ひょんなことからその秘密を知ってしまった僕は、王女様に脅され……もといお願いされ、兄上との関係を応援するようになった。

　具体的に何をしているかというと、兄上の最近の行動や言動、様々な好みや趣向など、僕が知る限りの情報を彼女に教えているだけだ。こんなことを五年ほど続けていたら、いつの間にか友人にも似た不思議な関係になっていた。

　僕が話し終えると、彼女は満足したような表情で言う。

「そう、ユリウス様はあなたのやっていることを支持しているのね？」

「まぁ一応は」

「なら私も支持しましょう！」

「そんなにあっさり？　大丈夫なんですか？」

「心配無用よ！　私にとってユリウス様の意向が全て。それ以外に興味はないもの」

「一国の王女様が言って良いセリフじゃないですよ。それ……」

「今さらでしょ？」

「そうですね」

彼女にとって、兄上に関係する事柄以外は、心底どうでもいいんだ。国の事情も亜人種への偏見にも、彼女は無関心。だから僕や亜人種の彼女たちにも普通に接する。それは単に興味がないから。兄上が肯定すれば彼女も肯定するし、兄上が否定すれば彼女もそうする。今回も、兄上がこの街を有益と感じたから、彼女もそれに乗っかろうとしているだけだ。

自分の恋のためには手段を選ばない。合理的といえばそうだから、ある意味兄上と似ているだろう。

しかしまぁ……彼女の場合は恋愛脳という言葉で言い切れてしまう。こんな僕でも、この国のこれからが心配になってくるよ。

「人の心配をしている場合でもないわよ？」

「えっ？」

「今日来たのはユリウス様のことを聞くためだけじゃないの。ウィリアム、あなたに知らせを持って来たわ」

「僕に知らせ？　それは良い知らせですか？」

「そう思うかしら？」

「いえ、全然思いませんけど」

「ハッキリ言うわね……まぁ確かにその通り、良い知らせとは程遠いわ」

このタイミングで持ってくる知らせが、良い知らせであるはずがない。僕じゃなくてもそう思うだろう。

「ただ、考え方次第では悪い知らせでもないかもしれないわよ？」

「ん、それはどういう意味です？」

「聞けばわかるわ」

王女様がそう言うので、僕はとりあえず聞いてみることにした。

五分くらいだっただろうか。彼女からの知らせを聞いた僕は、冷静さを失っていた。それほどまでに強烈なことを耳にしてしまったのだ。

「ちょっ、何が考え方次第ですか！　最悪の知らせですよ！」

「ふふっ、そうよね普通は」

「何笑ってるんですか……」

彼女から聞いた知らせは、全然笑えるようなものじゃなかった。冗談だとしてもさらに笑えない。下手をしたら、この街どころか国全体を脅かしかねない緊急事態だ。

「まさかそんなことになっていたなんて……」

「私も驚いたわ。だけど、可能性がなかったわけじゃない。それはあなたもわかっていたことでしょう？」

「それはそうですけど……」

よりにもよってこのタイミングで？　本当に最悪のパターンじゃないか。これをどう解釈したら、良い知らせに化けるんだよ。

「ともかく、あちらが動きを見せれば、こちらも動かざるをえないわ。最初に判断を迫られるのは、あなたよりもあなたのお父上でしょうけど」

「……だから困るんですよ」

「そうかしら？　私としては、そこにあなたにとっての利点があるように見えるけど？」

「どこからその発想がくるんですか」

「さぁ？　どこでしょうね」

クスクスと笑う王女様。僕はというと、これっぽっちも笑えない。

「じゃあ私は帰るわ。見送りに来てちょうだい」

「……ほんと相変わらずですよね」

「褒め言葉として受け取っておくわ」

ただの皮肉ですよ、なんて直接言えない僕は、王女様を馬車まで見送り、唐突に降ってわいた事実を受け止めようと考え続けた。


それから三日後――事態は急激に動き出す。

「大変だぞウィル！」

駆ける音と扉を開ける音が一緒に聞こえた。机から視線を上げると、汗を流して切羽詰まった表情のイズチがいた。この表情を見て、なんとなく状況を察する。

「どうしたの？」

「国境側に軍が来てる！　しかもすごい数だ！」

「……」

やっぱりか、と僕は思った。僕はこの事態を予想していた。

「隣国が不穏な動きを見せているわ」

三日前、王女様がもたらしたのはそんな知らせだった。

「フォルテオ帝国が？」

「もちろん。先日王家にこんな手紙が届いたの」

王女様から渡された手紙には、僕の街についての批判が書かれていた。具体的に言うとこんな感じだ。

国境付近に新しく造っている街は、戦争をするための拠点ではないのか？　だから亜人種ばかりを集めているのではないだろうか？　もしそうなら、我々との条約に違反する行為である。

「要するに難癖(なんくせ)つけてきたのよ」

「なるほど……」

「それを理由に戦争へ持ち込もうとしているかもしれないわね」

そうなればこの街が戦場になる。そして国民の一員として、この街に住む彼らにも戦えと命令してくるんだろう。もしくはバッサリと切り捨てられるか。どちらにしろ、僕らにとって良い結果にはならない。

「一応否定はしているんだけどね？　まぁ聞いてくれるわけないわ」

「だろうね」

「私たちの予想だと、早くて一週間以内に仕掛けてくるわ。そうなったら、あなたもどうするか考えておいたほうが良いわよ」

「どうするんだ？　このまま戦うのか？」

「落ち着けイズチ。まずは相手の様子を窺おう」

僕らは執務室を出て、国境側の結界付近へと向かった。そこには周囲を見渡せるように、見張り台が建造されている。僕とイズチはそこに上り、国境の先を眺める。

「すごい数だろ」

「ざっと五万くらいはいそうだね」

視界には辺り一面を覆いつくす軍隊が映っていた。見るだけで血の気が引くような光景。この大軍が一気に攻め込んできたらと思うとぞっとする。

「他のみんなには？」

「もうとっくに伝わってるよ」

「そうか……」

僕は高台から街の方を見下ろす。住人たちがゾロゾロと道端に集まって、高台にいる僕らを眺めている。みんなが同じような表情をしている。あれは怯えている顔だ。

「心配はいらないよ！　この街は強力な結界で守られている。たとえドラゴンに襲われても、危険に晒されることはない！」

僕は大きな声でそう宣言した。
本当のことを言ってしまえば、五万もの軍に攻め込まれたら、さすがにこの結界でも限界が来るだろう。数日はもつかもしれないが、永遠には続かない。それをわかっていながら、不安を煽らないようにあえて伏せた。

「ウィル……」

「大丈夫だよ。向こうも下手に攻めては来ない。これは国同士の大きな問題だからね」
こちらがどう動くのか観察している。とにかく今は、王国側がどう対応するのかを待つべきだ。

あれからフォルテオ帝国の軍隊は、三日間沈黙を貫いている。予想した通り、こちらがどういう対応をとるのか待っている様子だ。そしてこちらも予想通り、僕のところへ一通の手紙が届けられた。送り主はグレーテル家本宅。つまり、僕の父上からだ。

「早急に本宅まで出向くようにとのお達しだね」

「では準備をします」

「待ってソラ、話しておきたいことがあるんだ」

「今ですか？　あまり時間はありませんよ」

「わかってる。だけど、とても大切な話なんだ」

僕は改まってそう言った。執務室に集まってくれていたメイドのみんなに向けて、穏やかに微笑みながら。

「聞いてほしい。今から話すのは、これからのことなんだ。これから僕たちがどうするべきなのか。僕がどうしたいのかを――」

王女様の話を聞いてから、ずっと考えていたことを話す。この街や僕が抱えてきた問題を、この騒動をきっかけに解決していく算段だ。ただし、それには大きなリスクを伴う。

全てを説明して、僕は彼女たちに言う。

「以上が僕の考えた未来だ。とても危険な賭けでもある……それでも一緒についてきてくれると嬉しい。もちろん強制はできない。嫌だと言うのなら、止めたりはしない」

こんな馬鹿げた考えしか思いつかない僕に、みんなはついてきてくれるかい？　と、彼女たちに問いかける。この一線を越えれば、もう後戻りはできなくなるんだ。彼女たちには選ぶ権利がある。それを今一度、確認しておきたかった。

「馬鹿じゃな」

「ユノ？」

「今さら主と離れられる者が、この中にいると思っておるのか？　そんな質問などせずとも、答えならとっくに出ているじゃろう」

「そうですよ」

「ソラ……」

「私はウィル様に初めてお会いしたときから、一生おそばにいると誓いました。他の皆さんも、あなたと共に生きることを望んでいます」

僕は彼女たちを見る。誰一人、不安や不満を感じさせる表情はしていなかった。それどころか、当たり前だと言わんばかりに頷いている。二人が言ったように、どうやら僕の質問はまったくの無駄だったようだ。

「そんな確認をしなくても、私たちは勝手についていきます」

「……そうか。ありがとう、みんな」

僕は心からの感謝を伝えた。信頼してもらえることがどれほど嬉しいのか、僕は何度でも実感するだろう。

正直に言うと、少しだけ揺らいでいたんだ。この状況を打開し、これまで抱えてきた問題を解決する方法はこれしかない。そう考えて話してみたものの、本当に上手くいくのかと思ってしまう。失敗したときの悲惨な光景が浮かんでは、体中が震えて仕方がない。

怖かった……とても怖かったんだ。だけど今は、恐怖も不安も消えてしまった。彼女たちの言葉を聞き、顔を見て決心がついた。

「街のみんなにも伝えよう。これは、この街全体に関わることだからね。とはいえ、受け入れてもらえるかはわからないけど」

「その心配もいらないと思いますよ」

ソラはそう言って微笑んだ。

その後、彼女たちにした話を領民たちにも包み隠さず話した。自分の思いを言葉に乗せて、彼らの心に届くように叫んだ。

これからもこの街に住むのか。

僕と一緒にいてくれるのか。

その問いに対して、彼らは迷うことなくイエスと答えた。拍子抜けしてしまった。彼らの目には迷いがなかった。ソラの言っていた通りだったよ。

王都にある本宅。その門を、僕は一人で潜る。ここへ来るときはいつも、ソラが一緒に来てくれていた。だけど今回は、僕が一人で行きたいとわがままを言ったんだ。きっとこれだけは、僕一人でやらなきゃいけないことだから。

「失礼します」

父上の待つ部屋に入る。

「やぁ、ウィリアム」

「遅いぞ」

「兄上……ゴルド兄さんも」

中で待っていたのは父上だけではなかった。二人の兄も、領地から呼び出されていたらしい。ことがことだけに当たり前か。

「呼ばれた理由はわかっているな？」

「はい」

「ならば単刀直入に言おう。ウィリアム、領地を捨てこちらへ戻れ」

「捨てるとはどういう――」

「言葉通りの意味だ。お前は領地を放棄し、使用人と共に王都へ帰還しろ。すでに国王陛下にも話はつけてある」

父上の提案はこうだ。現在僕の領地である街を、グレーテル家の持ちものへと戻す。その後、領土を国に返還し、さらに国も所有権を放棄する。つまり――

「僕の街を、この国の領土から切り捨てるということですか？」

「そう言っている」

父上は臆面（おくめん）もなくそう口にした。

僕は唇を噛み、問いかける。

「街に住む彼らはどうなるんですか？　彼らもこの国の一員です」

「心配はいらない。国土から除外されると同時に、お前たち以外は国民としての権利を破棄される」

「父上それは……」

「問題はないだろう？　元々亜人種など、この国には必要のない存在なのだから」

確認をする必要もない。目を見れば、声を聞けばわかってしまう。耳を疑いたくなるような一言を、父上は本気で口にしている。心の底から、亜人種を必要のない存在だと思っている。

もはや怒りすらわかない。悲しいとも思えない。僕と父上の考え方は、一線を画している。きっとこの先ずっと、一生かけても交わることはないのだろう。

だから僕は――そんな道を選ばない。

「謹んでお断りさせていただきます」

「……今、なんと言った？」

「父上のお考えには、賛同できないと言ったのです」

「……それがどういう意味なのか。わかっているのか？」

「もちろんです」

父上の考えには従わない。何度問われても、何度でも僕は否定する。僕にとって、あの街はかけがえのない大切なものになった。それこそ、本当の家族よりずっと……

薄情だと罵られようと、愚か者だと非難されようと、僕は彼らを見捨てない。それが正しいことだと信じているから。

「あそこは僕の領地、僕の街なんです。父上にも、王国にも、誰にも譲るつもりはありません」

僕は目を背けることなく、父上にそう宣言した。父上と僕はしばらく見つめ合い、父上のほうが先に目をそらす。そして小さく息を漏らし、こう告げる。

「ならば、お前とはここまでだ」

「はい、ここまでです」

その直後、僕はグレーテル家から破門を言い渡された。こうして僕はウィリアム・グレーテルではなく、ただのウィリアムになった。父上の考えに従わないということは、つまりそういうことなんだ。理解していたつもりだけど、実際に言い渡されると、さすがに込み上げるものを感じる。

「今日までありがとうございました」

僕は頭を深く下げた。嫌われていたとしても、今日まで生きてこられたのはグレーテル家のおかげだ。生きていなければ、僕は彼女たちにも出会えなかった。それに対する感謝だけは、伝えたいと心から思ったんだ。

「兄上とゴルド兄さんも、僕なんかの兄でいてくれてありがとう……さようなら」

僕は振り返り、出口へと向かう。

「ウィル！」

そんな僕を、ゴルド兄さんの声が引き止める。立ち止まって振り向く僕に、兄さんはこう言う。

「言葉がちげぇだろ」

「えっ……」

「誰がなんと言おうと、オレたちは兄弟だ。天地がひっくり返っても、そこだけは揺らがねぇんだよ」

「ゴルド兄さん……」

兄上に目を向ける。彼もゴルド兄さんと同じだと、優しく頷く様子が見える。不意打ちだったせいか、思わず涙が出そうになった。だけど、僕は泣かない。笑いながら、もう一度別れの言葉を口にする。今度は——

「またね」

兄上、ゴルド兄さん……そして、父上も……いつの日か、また逢おう。


玉座の間。

国王が大使や来訪者と謁見するために設けられた部屋。誰かに何かを命ずるとき、国王は必ずこの部屋で待っている。呼び出された僕も、その部屋へと入った。肩膝をつき、頭を下げて敬意を示す。

「頭を上げよ」

国王陛下に命令され、僕は膝をついたまま顔を上げる。玉座を牛耳るかの御仁こそ、この国を治めるお方。

ウェストニカ王国三十代国王セルレオス・リハベスト様である。

「父ラングスト・グレーテルから詳細は聞いているが、今一度問おう。先の選択に間違いはないのだな？」

「はい」

「そうか。なれば我からも命ずる。貴公の領地、及びそこに属する者全てを我が国から追放する。異論はないな」

「はい」

「では――」

「しかし陛下、その前に一つだけご相談がございます」

「我に相談だと？」

「はい。無礼は承知の上でございます」

「……良い。餞別として話くらいは聞いてやろう」

「ありがとうございます」

良かった。話を聞いてくれなかったらそこまでだったから。後は僕の交渉次第だ。

「して、相談とは？」

「はい。現在王国で管理されている亜人種を、全て解放していただきたいのです」

そう言うと陛下は目の色を変え、顔をゆがめた。当たり前だけど、実際に見せられると怖いな。

「貴公は……自分が何を言っているのか理解しているのか？」

「はい」

「であればなお腹立たしいことだ。なぜ我が、そんな要求を受けると思ったのか」

陛下はあからさまに気分を害している。こうなることは予想済み。僕は次の一手へ移る。

「もちろんタダでとは言いません。もしも亜人種たちを解放していただけるのであれば、それに見合った対価を支払わせていただきます」

「対価だと？　貴公は何を差し出せるというのだ？」

僕は立ち上がり、扉のほうを振り返って、両手をパンと叩く。すると扉が開き、ユノがやってくる。

「何者だ貴様！」

陛下を守る兵士が警戒する。それを陛下が諫める。彼女が一緒に持ってきたものに興味を示したらしい。

「それはなんだ？」

「私の領地で製作した武器と防具でございます。耐久値は従来の防具の約五倍、武器の性能も格段に上がっております」

「五倍だと？」

「ご所望であれば、実際に試してみましょう」

僕はユノのほうへと歩み寄る。彼女からこの国の兵が使っている剣を手渡される。それを抜き、台に載せられた防具へ向かって全力で振り下ろした。

カンッ！

防具は剣をはね返した。それどころか、衝撃で剣のほうが折れてしまう。

陛下と兵士は思わず舌を巻く。

「剣のほうも試したほうが？」

「いや、必要ない」

「わかりました」

僕は剣を台に戻し、改めて陛下のほうを向く。

「先の要望にお応えしていただけるのであれば、こちらの装備一式を国に所属する兵士全員分、譲渡させていただきます」

「ほう……それは……」

「足りないのであれば、同じものをもう一式ずつお渡ししましょう」

元々は兄上との話で出していたものだ。まさかこんな形で交渉材料になるとは思っていなかったけど、結果的に準備しておいて良かったと思う。

さて、どうだろうか。これで納得してくれると嬉しいが……

陛下はしばらく考えていた。顎を触りながら、顔を伏せて思考している。そして、視線を上げて僕に言う。

「足りぬな。その程度では等価とは呼べぬ」

陛下は受け入れてくださらなかった。

大丈夫、この展開は予想済みだ。準備してある交渉材料は一つじゃない。これで足りないのなら、さらに上乗せするまでだ。

「でしたら、こちらも差し上げましょう」

台の上には装備と別に、布を被せてあったものがある。僕がその布を取り払うと、ルビーのような結晶が三つ置かれていた。

「それは何かね？」

「ドラゴンの心臓です」

「ドラゴンだと!?」

陛下はさっきよりも大きな驚きを見せた。耳を疑っているのがよくわかる反応だ。ドラゴンがどれほど強力な魔物なのか、陛下もよく知っているのだろう。

「本物だという証拠は？」

「王家の鑑定士に見ていただきました。ここにその旨が書かれています」

僕は鑑定士から渡された用紙を差し出す。それを陛下の命令で護衛の兵が取りに来て、そのまま陛下に渡す。目を通せば真実だということがわかるはずだ。

「にわかに信じがたいが、どうやら事実のようだな」

「こちら三つも差し上げましょう。陛下もご存知かと思いますが、ドラゴンの心臓は最高品質の魔力結晶です。これを一つ使用するだけで。現在王都を覆っている結界の強度を、最低でも三倍に引き上げてくれるでしょう」

もちろんこれは変換魔法で生み出したものだ。王女様から話を聞いたとき、こうなるかもしれないと悟って準備しておいた。生成には僕の魔力をほとんど持っていかれるから、この三日間は本当に疲れたよ。色々あって変換魔法はあまり使いたくなかったけど、これくらいしないと陛下を唸らせられないと思ったんだ。

陛下の表情を観察する。どうやら悩んでいる様子だ。だったら、さらにダメ押しをしよう。

「陛下にとっての利点は、まだ他にもございます」

「なんだと？」

「未来視――」

陛下は小さく反応を見せた。兵士たちは無反応だったから、この場で知っているのは陛下だけのようだ。

「未来視を持つ金髪の狐獣人を捕らえ、内政の道具としていることを、私は知っています」

「……一体なんの話を――」

「地下三階の牢獄。そのさらに奥に、隠された部屋がある」

「っ……」

「そこに彼女がいることは、すでに確認できています。もしもこの場で証明が必要ならば、ご案内させていただきましょうか？」

もちろん僕の力じゃない。ユノの力で、この王城全域を調べてもらったんだ。その結果わかったのが、今話した事実。

彼女は……ヒナタはこの城の地下にいる。今も生きているんだ。

「貴公……今の話が事実だとして、そのどこに利点があるというのか？」

「大きな利点があります。陛下は、この国は亜人種を酷く嫌っておられる。現状を放置すれば、陛下の信用に関わる問題となるでしょう」

亜人種を嫌い、蔑（さげす）み、迫害してきた陛下と国。国民にも亜人種への差別意識は染み付いている。

亜人種は、自分たち人類よりも劣る存在だと認識している。

にもかかわらず、その亜人種の娘に国政を委（ゆだ）ねていた。そんな事実が露見すれば、陛下を信じていた国民はどう感じるだろうか？　自分より劣っているはずの娘が、この国を動かしていると知れば――

「我を脅しているのか？」

「滅相もございません。むしろ私は、そういった事態を未然に防ぐため、この提案をさせていただいているだけです」

他の亜人種と一緒に、彼女も解放してもらう。大量の奴隷に交ざって解放されれば、事情を知らない国民には同じに見える。

国にとって有益なものを手に入れるため、亜人種を交換の道具として扱う形になれば、亜人種を嫌っている国民も納得するだろう。悲しいけど、この国はそういう場所なんだ。

ささて、交渉用に用意した材料は全て使った。最後に一つだけ、切り札と呼べる手は残っている。陛下がこれでも了承してくれなかったら、僕はそれを使わざるをえない。ハッキリ言って使いたくはない。だってこのやり方は、僕が一番嫌いなやり方だから。

「陛下、どうなさいますか？」

僕は祈るように問いかけた。頼むからこれで納得してほしい。そう心の中で願っていた。

「確かに、悪い話ではなさそうだ」

だけど――

「だが仮に……我が貴公の申し出を断り、貴公から差し出されるものだけを求めたら？」

陛下の発言は、僕や街に対する脅しだ。一方的に搾取（さくしゅ）しようと考えている。僕が握っている秘密も、最悪ヒナタを殺してしまえば闇に葬（ほうむ）れる。そう考えているんだろうか。だとしたら、嫌になるくらいに予想通りだよ。

「そのときは……仕方ありませんね――」

僕は、最後の切り札を使わされた。

†

国王は一人になった。ウィリアムは去り、護衛の兵士も今はいない。一人きりになった玉座の間に、王女のレミリアが入ってくる。彼女は国王のもとへ近づきながら言う。

「お話は終わりましたか？　お父様」

「……レミリアか」

「浮かない表情ですね」

「……お前は知っていたのか？　彼のことを……」

「彼？　ウィリアムのことですか？」

その名を口にした瞬間だけ、国王が怯えたように見えた。レミリアは首を傾げる。

「交渉は上手くいきませんでしたか？」

「交渉？　あれは交渉ではない。あんなものを見せられれば、誰でも首を縦に振るしかないだろう」

国王はウィリアムの条件を全て受け入れた。最初は上手く転がして、自分に良い条件へすり替えようとしていた。しかしその目論見は、ウィリアムの切り札を見たことで潰えた。それを見せられた瞬間、国王はこう悟った。

逆らえば、この国に未来はない。

「変わり者、落ちこぼれ……か」

「お父様？」

「やはり他人の評価など信じるものではないな」

国王は自分に言い聞かせるようにそう言う。さらにレミリアに向けて忠告する。

「人は見た目で判断できない……ということか。お前も気を付けなさい。あれは変わり者でも落ちこぼれでもない」

あの男は化け物だ。

15　自由都市ウィル

暗い暗い牢獄に、私は一人で入れられている。もう何年になるかな。一、二、三……数えていると悲しくなる。私はずっと一人だ。この牢獄には、食事を届けるとき以外、ほとんど誰も訪れない。あとは時々、陛下って呼ばれている人が来る。その人は決まって、私に未来を見ろって命令してくる。私は怖くて、言われた通りに未来を見る。それを伝えれば、その人たちは帰ってくれるから。

ここは真っ暗だ。地下だから、日の光なんて差し込まない。明かりもなくて、自分の体もよく見えない。自分の顔も久しく見てないから、どんな顔だったかもうろ覚えだ。きっと酷い顔をしているんだろうなぁ。捕らえられて最初の一ヶ月はずっと泣いていた。悲しくて、怖くて、不安でどうにかなりそうだった。泣いていないと、生きているのかもわからなくなりそうだった。

だけどいつの間にか、涙は一滴も出なくなった。どれだけ悲しくても、辛くても、涙は零れないようになった。諦めたからじゃない。慣れたわけもでない。ただ一つ、きっかけがあったからだ。真っ暗な牢獄に、光が差し込む夢を見た。あれはただの夢じゃない。未来視を通して見た夢だった。私の目には未来が映る。

そのとき見たのは希望だ。

いつかはわからないけど、いずれ必ず助けが来るという意味だ。だから、私は泣くのを止められた。明日、明後日、明々後日……もっと先になるかもしれない。それでもいつか、あの人が迎えに来てくれると信じている。

ガチャ――重い扉が開く。牢獄へ誰かが入ってくる音が聞こえた。食事にはまだ早い。時計はないけど、いつも同じ時間に持ってくるから、感覚で違うとわかる。怖い、怖い。陛下が来たのかな。それとも……あの人が助けに来てくれたのかな？　いつもそんな期待をして、違ったときには落ち込んでいる。それでも待ち続ける。涙はもう流さない。涙は――

「遅くなってごめんね」

その瞬間までとっておこうと決めたんだ。

「迎えに来たよ」

「……うん、ずっと……ずっとずっと……待ってた」

牢獄が光の玉で照らされる。その光は、まるで太陽の日差しのように暖かい。

†

僕は牢獄の鍵を取り出して、何年も開くことがなかった檻(おり)を開放する。こみ上げてくるものがあった。

まだ何も終わっていない。隣国との問題も、他の亜人種たちへの対応も残っている。ここで時間をかけている場合じゃない。一刻も早く領地へ戻るべきだと、頭では理解している。それでも止められなかった。体が勝手に動いたとしか言いようがなかった。気が付くと、僕は彼女を強く抱きしめていた。彼女もそれに応えるように、僕の体を弱々しく抱きしめる。

「会いたかった……ずっと、会いたかったんだ」

「私も会いたかった。迎えに来てくれて……ありがとう」

僕の涙と彼女の涙が混じって流れる。抑え込んできた年月分だけ、大雨のように流れ続けている。頭でどうこう考えても、この涙は止められそうにない。互いに顔をぐちゃぐちゃにしながら、感情のままに抱き合うしかない。次に涙を止めるのは我慢するためじゃない。心から笑い合うためだ。

今頃、国王より正式な発表がなされているだろう。国土の一部を放棄すること。そこに住む者から、国民としての権利を剥奪（はくだつ）すること。そして、国内にいる亜人種の追放まで。

本当の理由が語られることはない。それでも国民からの反感はなかった。彼らにとっても、亜人種は邪魔な存在だったのだろう。囚人だった者も、奴隷にされていた者も、隠れ住んでいた者もいる。彼らは解放され、かの地へと向かう。辺境の地に、亜人種が穏やかに暮らせる街がある。そんな噂を頼りに、ウィルの街に集まってくるのだ。

トン、トン、トン、足音は石壁に響いてどこまでも聞こえる。無人になった奥の部屋にも届いている。螺旋階段をゆっくり、一段一段上っていく。閉じ込められて体力が落ちてしまった彼女を、優しく抱っこしながら上る。地下を出れば地上へ到着する。彼女はここでずっと一人で過ごしてきた。それも今日、この瞬間に終わりを告げる。

「んっ……」

「地上に着いたよ」

彼女が日差しを浴びるのは何年ぶりだろうか。穏やかで温かい日差しも、彼女にとっては力強くて暑かった。痛いとすら感じたそうだ。だけど、その痛みを嬉しく思ったと、笑いながら話してくれた。

「青い空、白い雲、吹き抜ける風も……全部あって当たり前なんだよね」

「うん、当たり前だ。だからこそ、みんなそのありがたみに気付けない」

「そうだね……私は誰よりも知ってるよ」

「うん」

彼女は僕の胸に耳を当てて、心臓の鼓動を聞いている。ドクン、ドクンという音すら、彼女にとっては新鮮なものだった。生まれてからの半分を、あの暗い牢獄で過ごしてきたんだ。まるで、初めて世界を見る赤ん坊のように、彼女にとっては全てが新鮮で楽しいのだろう。

「君とはたくさん話したいことがあるんだ」

「私もあるよ。あの頃からどんな風に変わったのか知りたい」

「教えるよ」

「あなたのことも知りたい」

「それも教えるよ。時間はこれからたくさんあるからね。僕も、君のことが知りたいし」

「うん、いっぱい教えてあげるよ」

「ありがとう。じゃあ今は一つだけ聞いてもいいかな？」

「何？」

「君の名前を教えてほしいんだ」

彼女の名前は知っている。それでも尋ねたのは、直接彼女の口から聞きたかったからだ。僕と彼女の時間は、あの日からずっと止まっていた。その時間が今日……動き出したんだ。あのときは聞けなかったこと、言えなかったこともたくさんある。だからまずは、名前を聞くところから始めようと思った。彼女は笑い、こう答える。

「ヒナタだよ。私にも教えて……あなたの名前は？」

「僕はウィリアム、ただのウィリアムだ。ウィルって呼んでくれると嬉しい」

「うん！　これからよろしくね、ウィル」

「うん、ヒナタ」

互いの名前を知り、僕たちは歩き出す。目指すはみんなが待つ街へ。僕の――ウィルの街へと帰るために。

行きと同じように王都にある別荘から、今僕らが暮らしている屋敷へと戻る。

「すごい……本当に一瞬で来られたんだね」

「うん、ここが僕の屋敷だよ。本当は中を一緒に見て回ったり、僕の街を案内したりしてあげたいんだけど……」

残念ながら今は、そうのんびりもしていられない。

「大丈夫だよ。今日じゃなくても時間はたっぷりあるんでしょ？」

「うん、たーっぷりある。だから今は――」

「ウィル様！」

ソラの声だった。僕らが帰還したことを知り、走ってくる。他のメイドたちも彼女の声で気付き、全員が玄関に集まった。

「ただいま、みんな」

「無事で良かった……その方が……」

「うん、彼女がヒナタだ」

「なら、交渉は上手くいったんですね？」

「概ねなんとか」

王国の亜人種たちは解放された。じきにこの街へやってくるだろう。

「だけど、まだ大きな仕事が残っている」

国境だった線の向こう側に、五万の兵隊が未だ隊列を組んでいる。予定通りこの街が王国の庇護下（か）を離れた今、あの軍勢は僕らの力でなんとかしなくてはならない。自分の街は、自分で守らなくちゃいけないんだ。

「行ってくるよ。その間、ヒナタのことをお願いね」

「ウィル様……」

「大丈夫だよ、ソラ。僕はもう覚悟を決めているから」

　陛下に切り札を使ったときから、覚悟は揺らがない。なんと思われようと、僕はこの街を守る。そのためなら僕は、鬼にも悪魔にもなれるんだ。

「ユノ、行こう」

「了解じゃ」

　ヒナタを屋敷のベッドに寝かせ、彼女のことをソラたちに任せた後、僕はユノと一緒に軍隊のもとへ向かう。途中でイズチとも合流して、三人で結界ギリギリのところまで来た。

　そこからユノに作ってもらった魔道具を使い、空中に足場を作って高いところへ向かう。結界も抜け、軍隊が見渡せる場所に立った僕は、拡声器を持って叫ぶ。

「フォルテオ帝国軍に告ぐ！」

　突然の大きな声に、大軍は一気に慌て出す。遠目でよく見えないが、隊長らしき人物が指示を出したことで、混乱はすぐに収まったようだ。僕らを警戒して、兵士たちは武器を構えている。

「私の名はウィリアム！　この街の代表だ！」

彼らは目を凝らし、耳を澄ませて聞いている。僕は聞き取りやすいようにハッキリと、短く伝えるために言葉を選ぶ。

「つい今しがた！　この街はウェストニカ王国の支配下から離れた！　故に、あなた方が危惧していることは起きない！　即刻武器を下ろし、撤退してほしい！」

「なっ……何を言って――」

「隊長！　本部から伝令です」

僕の宣言を聞いてから、軍隊は再び騒がしくなった。おそらく指揮官であろう男に、兵士の一人が何かを伝えている様子が見える。遠すぎて何を伝えているかわからない。たぶん、王国からフォルテオ帝国に連絡があったのだろう。これで僕の話が事実だと伝われば良い。あとはどう対応してくるかだ。このまま退いてくれると一番嬉しいけど――

「進めぇー！」

大軍は侵攻を開始した。

「やっぱり退いてはくれないよね」

「じゃろうな」

王国の庇護下を外れれば、こうなることはわかっていた。素直に退くはずがない。どこの国にも属していないのなら、攻め落として取り込めば良いと考えるよね。

「仕方ないか……」

この街を守る方法ならとっくに決まってるよ。僕は右手を空にかざす。

「変換魔法――【魔力→太陽(マナ・トゥー・サン)】」

灼熱(しゃくねつ)の炎、眩い光を放つ球体。僕の頭上に誕生したのは、もう一つの小さな太陽だった。小さいといっても、実物に比べればという話だ。生み出された偽太陽は、僕の街を呑み込めるほど巨大だ。

「な、なんだあれは……」

「嘘だろ……」

あまりの大きさに意気消沈する兵士たち。偽太陽が発する熱は、流れ出た汗すら一瞬で蒸発させられそうだ。

「これ以上進むのであれば、この太陽を落とします」

僕がやっていることは脅迫だ。わかってやっている。自分がやられたら嫌なことを、嫌いなことをやっている。街を守るためだと言い聞かせ、自分を正当化させてこの場に立っている。そんな自分が嫌で、僕は唇を噛みしめる。

「我々は争いを好みません。あなた方が侵攻を止めてくれれば、この太陽も消滅させます。だけどもし、一歩でも悪意を持って踏み入るのであれば、太陽の裁きを受けることになるでしょう」

ごくり……と兵士たちは息を呑む。

「もう一度言います。退いてください」

この発言の直後、軍隊は向きを変えて撤退を開始した。おそらく金輪際、フォルテオの軍隊が侵攻してくることはないだろう。圧倒的な力を見てしまったから。脳裏に刻まれた恐怖を、彼らは一生忘れないはずだ。

フォルテオ帝国の大部隊はゾロゾロと退散していく。彼らが完全に撤退しきるまで気は抜けない。僕らは視界から大軍が外れるまで、じっと地平を眺めていた。そして——

「去ったようじゃな」

「お疲れさま、ウィル」

「うん……」

力が抜けて、僕はその場に座り込んだ。しばらくは自力で立てないくらい、全身が気だるくて仕方がない。そんな僕の様子を見て、ユノがやれやれと言わんばかりに肩をすくめる。

「慣れんことをするからじゃぞ。脅すなど……主に一番似合わん行いじゃ」

「ははっ……うん、自分でもそう思うよ。らしくないし、何よりやりたくはなかった」

だけど、現状ではこれが最も効率的で確実だとも思った。強力な力を前にすれば、誰だって足がすくむ。国に家族や恋人がいればなおさらだ。恐怖こそ、他者を退ける強い感情なんだろう。覚悟した上で挑んだ僕も、実際に終えてみると気分が悪い。もう二度とやりたくないとさえ思う。

「立てるか？」

「ごめん無理だと思う。イズチ、肩貸してもらってもいいかな？」

「いいぞ、ほら」

イズチが腕を引っ張り、肩を担いでくれた。誰かの力を借りないと、まともに歩けないくらいに弱っている。これだけ疲労しているのは、嫌なことをしたという精神的なものだけじゃない。

実は陛下との交渉でも、僕は変換魔法を使った。具体的には、ドラゴンを生み出し、約束を反故(ほご)にしたらどうなるか……と脅しをかけたんだ。そのとき生み出したドラゴンは、見た目だけのハリボテだったんだけど、それでも十分効果はあった。つまり僕は、一日のうちに二度も嫌なことをやっていたわけだ。それだけでも相当な精神疲労だけど、変換魔法でドラゴンと太陽を生み出したことが大きい。僕の魔力はほとんど空(から)に近い状態だった。

「今日はゆっくり休め。あとのことは、俺たちがなんとかしておくから」

「ごめん、イズチ」

「気にするなよ」

気が付いたときには、自分のベッドの上で横になっていた。慌てて時間を確認すると、どうやら日をまたいでいるようだ。現在の時刻は午前十時。

「……ヒナタ」

昨日の出来事を思い出したとき、真っ先に彼女のことが浮かんだ。体はまだ回復しきっていない。立っているのも大変だけど、僕はそれを考える余裕もなく部屋を出た。

「ウィル様！」

「ソラ！」

部屋を出ると、すぐにソラと出くわした。僕の部屋へ様子を見に来る途中だったのだろう。彼女は僕が起きているところを見て、ほっと安心したような表情を浮かべた。

「ごめん、心配かけたね」

「本当ですよ……だけど謝らないでください。ウィル様のおかげで、私たちは今もここにいられるんですから」

「それは買い被りだよ……聞いてもいい？」

「ヒナタ様のことですよね？」

「うん」

僕が答えると、なぜかソラは悔しそうに笑った。

「隣の部屋にいます。ウィル様ほどではありませんが、酷く衰弱されていましたので」

「そうか……」

あの暗い牢獄で、十年間も過ごしてきたんだ。精神的にも身体的にも、疲弊しているのは不思議じゃない。

「入ってもいいかな？」

「ウィル様の判断にお任せします」

僕は扉の前で数秒考えた。疲れているなら、今はそっとしておいたほうがいいのではないか？そう考えはしたものの、やはり会って話したいと言う気持ちが勝る。気が付けば僕の手は、扉にすっと伸びていて――

「入るよ、ヒナタ」

「ウィル？」

中へ入ると、ヒナタはベッドの端に座っていた。僕に気付いて、嬉しそうに微笑む。僕も微笑み返して、彼女のもとへ近寄っていく。ソラは中まで入ってこない。扉が閉まる途中に、少し寂しそうな表情をしているのが見えた。気になったけど、ヒナタから声をかけられて振り向く。

「起きても大丈夫なの？」

「こっちのセリフだよ。ヒナタこそ平気なのかい？」

「私は大丈夫だよ。昨日おいしいご飯も食べられたし」

「そっか、なら良かった」

ヒナタは嬉しそうに笑う。回復はしているようだけど、手足は見るからにやせ細っている。牢獄から出るときも自分では歩けなかった。筋力も落ちているらしいので、しばらくリハビリが必要そうだ。


その後、僕はユノに頼んで車輪のついた椅子を作ってもらった。車椅子と名づけられたそれにヒナタを乗せ、日輪大樹のヒノトの街へ向かうことに。あそこには、ヒナタの母や仲間たちがいる。

「お母さん！」

「ヒナタ……ヒナタなの？」

「うん！」

再会した二人は、涙を流しながら抱き合った。ヒナタに駆け寄っていくスメラギの姿に、僕は親子の愛を感じる。少しだけ自分の母の顔が脳裏をよぎったけど、意識的に考えないようにした。

スメラギはとても感謝してくれた。捕らえられていた他の者たちも解放され、一時的に敵対した狐人の武獣人からも、心からの謝意を向けられる。

その日の夜は宴が行われた。みんなも待っているし、僕は屋敷へ戻ろうとしたけど、半ば強引に参加させられた。街をあげての宴は夜通し続いた。普段はあまりお酒を飲まないらしいスメラギも、この日は周囲に勧められてたくさん飲んだ。

今はみんなべろんべろんに酔っ払い、宴の席で眠っている。僕はというと、勧められたお酒をやんわり断り、一人酔い潰れずに平静を保っている。

「一旦帰ろうかな」

もうすぐ日付が変わる時間だ。ソラたちには連絡してあるけど、さすがに帰ろうかと動き出す。連日の疲れは残っているし、ちゃんとした布団で眠りたい。こっそり気付かれないようにユノの扉まで向かうと――

「ウィル！」

呼び止められた。服の裾もひっぱられている。声の主が誰なのかすぐに気付いた僕は、その場で振り返る。

「こっち」

僕はヒナタに連れられて、宴の会場から離れる。案内されたのは大樹の最上部に位置する見晴らし台だった。そこにあるベンチに腰を下ろすと、彼女も車椅子から降りて僕の隣に座った。

「ふぅ、やっとゆっくり話せるよ」

「もしかして待ってたのか？」

「うん！　本当はすぐに話したかったけど、お母さんもみんなも楽しそうだったから」

「ヒナタも楽しかったでしょ？」

「もちろんだよ！」

彼女はニコニコしながらそう言った。僕はそれが嬉しくて、無意識のうちに笑顔になった。

「改めてありがとう。私を助けてくれて」

「こっちこそ、遅くなってごめんね」

「ううん。絶対に来てくれるって知ってたもん」

ヒナタは、僕が助けに来る未来を見ていたことを教えてくれた。その未来を信じて、ずっと待っていてくれたことも……

「心細かったけど、いつか助けがくるんだって信じてたから耐えられたんだ！　だから何度でも言うよ！　ありがとうって」

「……ありがとうは、僕もだよ」

「ウィル？」

「覚えてる？　僕らが初めて会った日のこと」

「うん、覚えてる」

それから僕とヒナタは、記憶をなぞるように語り合った。どんな話をしたのか、二人で確かめ合って笑った。

「ふふっ、懐かしいねぇ」

「もう十年以上も前だからね」

「そんなに経ったのかぁ～」

「うん。そういえば、どうしてあの場にいたの？」

「えっ？」

「もしかして王都に住んでた……はないよね」

「うん。えーっと、その……ははは、ちょっと恥ずかしいなぁ～」

ヒナタは恥ずかしそうに自分の顔を隠した。指の隙間からこっちを覗きながら、話そうか迷っている。

「笑わない？」

「笑わないよ」

「じゃあ……話すね？」

「うん」

「あのときは……家出してたの」

「家出？」

「うん……」

ヒナタはその日、母のスメラギと喧嘩をしたそうだ。喧嘩の原因は、他愛もないことだったらしい。それでもプンプン怒った彼女は、感情に任せて街を飛び出してしまった。その頃からヒノトの街に住んでいて、王都も近かったから、夢中で走ってたどり着いたらしい。僕と出会ったのも偶然だったようだ。

「今だから言えるけど、あのときはどうかしてたなぁ。ウィルと会ってなかったら、帰る気すらなかったもん」

「そうだったの？」

「うん。だって怒ってたし」

彼女が僕に話しかけてくれたのは、人間に会うのが初めてだったからだと言う。加えて酷く落ち込んでいて、優しい彼女は放っておけなくなった。

「ウィルの話を聞いたとき……私もすっごく悲しくなったんだよ？　それと同じくらい、自分はなんて恵まれてるんだ……とも思ったの」

だから彼女は、僕を励まそうとしてくれた。

彼女は——君とこうやって会えただけで嬉しい。そう言ってくれた。大人になった今ならわかる。あのときの言葉は本心だけで言っていない……でも、おかげで僕は救われた。打ちのめされていた僕に、彼女は何よりほしかった一言をくれたから。

「あの言葉がなかったら、今の僕はいない……きっと今頃、部屋で一人閉じこもってたと思う」

もしかすると、この世にいなかったかもしれない。それくらい追い込まれていたから……

「僕は君に助けられた。だから、ありがとうは僕のほうなんだよ」

「ウィル……だったら嬉しいかな」

「嬉しい？」

「うん！　私の言葉が君の力になっていたなら、とっても嬉しい！」

「なってるよ、すごく……君がきっかけをくれたから、僕は僕になれたんだ。今の僕は、君と出会ってから始まったんだよ」

一度は全てを失った。魔法が使えないというだけで、僕の人生は大きく狂わされた。だけど失ったからこそ、新しく得たものもあった。ヒナタと出会って希望を取り戻し、ソラたちと巡り合って今日まで支えてもらっている。大切なものをたくさんもらった。運命を呪ったこともあるけど、それでも――

「僕は幸せ者だ。今は心からそう思えるよ」

「私も、ウィルと出会えて幸せだよ」

君と出会って、君と別れて、ずっと会いたくて、こうしてまた会えた。これが運命だとすれば、感謝しなくちゃいけないのかな。ちょっと複雑な気分だけど、十三年ぶりの感謝を伝えられたよ。

それから僕は、彼女に今日までの出来事を語って聞かせた。話しているうちに楽しくなって、気付けば疲れなんて忘れてしまっていた。そうして話が終わる頃、僕らは寄り添いながら眠りにつく。

気が済むまで話し尽くして寝落ちした僕らは、同じタイミングで目を覚ました。そして、何やら下が騒がしいことに気付く。

「あっ！　もしかして私を捜してるのかも！」

「みたいだね。すぐに戻ろう」

僕らは慌てて宴の会場へと戻った。ヒナタの予想は大当たりで、僕らがいなくなったことで慌てていたらしい。戻った僕らは宴の片づけをした。それが終わったのが、ちょうど正午だった。僕は屋敷へ戻る前に、スメラギと今後について話をすることに。

「もしよければ、皆さんで僕の街へ移住しませんか？」

「よろしいのですか？」

「もちろんですよ！　捕らわれていた方々の大半も、僕の街へ集まってきていますし、皆さんも加わっていただければ、きっと楽しいですから」

それに僕は、今回の一件で王国から完全に離脱した。もう好き勝手に王都を出歩くことはできない。ここは王都のすぐ近くにあるし、何かあったときに助けられないかもしれない。そのことも彼女には伝えた。

「どうでしょう？」

「嬉しいご提案です……ですが、ここは私たちにとっても大切な場所なのです」

何世代も前から、大樹と共に過ごしてきた彼女たちにとって、この大樹から離れるのに抵抗があるようだ。しかし、太陽の下に出たいという気持ちもあるらしく、葛藤しているのがわかる。僕はしばらく一緒に悩んで、一つの案を思いつく。

「もしも、もしもですよ？　この大樹ごと移動できたら……どうですか？」

「えっ？　そんなことが可能なのですか？」

「それはまぁ、やってみないとわからないですね。こういうとき、頼りになる人がいるので相談してみます」

そんな会話をした後、僕は研究室に向かう。

「――で、ワシのところへ来たと」

「うん！　大体そんな感じかな」

こういう無理難題に対して、ユノほど頼れる存在はいないだろう。

「はぁ……また骨の折れそうな話じゃのう」

「ごめんねいつも」

「本気でそう思っておるのか？」

「半分くらいは」

「正直じゃな……まぁ良いわ」

「できそう？」

「う〜む……ちょっと待っておれ」

そう言って、ユノはしばらく考えている。考えている間は両目を瞑り、じーっと固まったまま動かない。まるで石のようだと思っていたら、ゆっくりと目を開ける。

「ワシの空間魔法を活用すれば、不可能ではないのう」

「本当かい？」

「うむ、じゃが相当手間じゃぞ？」

「それでもいいよ！　僕も手伝えることはあるかな？」

「……あまり主の力を頼りたくないが……仕方がないのう。いくつか資材が必要じゃ」

「任せて」

ユノは僕の体を気遣ってくれていたようだ。変換魔法を使いすぎると、以前のように倒れてしまうかもしれない。

だけど、彼女が提示した材料の中には、探すのに相当時間がかかるものもあった。ユノの魔法の準備だけでも最短で一週間はかかるらしい。材料集めにそこまで時間をかけたくないので、優先順位をつけて変換することにした。

　残りはスメラギたちにも協力してもらって集める。さらに並行して、大樹を移動させる場所の準備も進める。大樹は根と地面ごと移動させるので、その分の穴が必要になる。こちらは以前に穴掘りに使った魔道具の改良版を作り、適当なサイズの窪(くぼ)みを掘る。水路の一部も繋げて、土が乾燥しないように準備もした。


　それから二週間と少し——

「さん、にー、いち——」

　ユノのカウントダウンの直後、一瞬で目の前に現れた大樹に一同は驚愕する。おぉーという声で辺りは埋め尽くされた。

「すごいね！　本当にできちゃうんだ」

「一度きりが限界じゃがのう。期待通りじゃったか？」

「いつも期待以上だよ。ありがとう、ユノ」

「礼は言葉じゃのうて、いつか行動で返してもらえれば良いわ」

「あははは、じゃあそうするよ。期待しておいてね？」

「うむ。で、どうするのじゃ？」

「何が？」

「この街のことじゃよ。晴れて王国からも脱したわけじゃが」

「あぁ、そうだったね」

忘れていたわけじゃないけど、作業に夢中で忘れかけていたよ。この街はもう王国の一部じゃなくなったんだよね。

「いっそ国を立ち上げるか？　皆からも提案されておったじゃろう？」

「まぁねぇ」

作業の合間にそんな話題が上がったことがある。そのとき誰かが、僕を王にして新しい国を作るのはどうかと提案したんだ。そうしたら、みんなが僕を無視して盛り上がっていたっけ。

「ワシもありじゃと思うが、主はどうなんじゃ？」

「う～ん……色々考えたんだけどね。国にするのはなしかな」

「ほう、なぜじゃ？」

「国ってなるとさ。色々と縛りができるでしょ？　僕はここを、そういう場所にしたくないんだよ」

秩序は大切だと思う。一緒に生活していく上で、ルールは必要だ。でも、だからといって国である必要はないとも思うんだ。この街に王はいらない。誰かに従うんじゃなく自分で考え、楽しくて豊かで、自由な街にしていきたい。

「これも絵空事なんだけどね」

「今さらじゃろ。主もワシも、勝手気ままに生きておるしのう」

「うん。みんなにもそうしてほしいんだ」

「ならばここは、さしずめ自由都市と言ったところかのう？」

「自由都市……いいねそれ！」

僕の目指す街には、ぴったりの名前かもしれない。

「じゃあ今日からここを、自由都市――ウィルとしよう！」

僕はちょっぴり照れながら、街と大樹を眺めてそう宣言した。これからはみんなが、この街で楽しく自由に生きていけるよう、心の底から願っている。

僕らが目指す未来が、何よりも幸福でありますように――

追い出されたら、何かと上手くいきまして
OIDASARETARA NANIKATO UMAKU IKIMASHITE
1~3
家から追放された自称・落ちこぼれ少年は「天の申し子」!?
桁外れの魔力持ちでも
ゆる～っと学園生活！
雪塚ゆず
Yukizuka Yuzu
トリティカーナ王国の英雄、ムーンオルト家の末弟であるアレクは、紫の髪と瞳の持ち主。人が生まれ持つことのないその色を両親に気味悪がられ、ある日、ついに家から追放されてしまった。途方に暮れていたアレクは、偶然二人の冒険者風の少女に出会う。彼女達の勧めで髪と瞳の色を変え、素性を伏せて英雄学園に通うことになったアレクは、桁外れの魔法の才能と身体能力を発揮して一躍人気者に。賑やかな学園生活を送るアレクだが、彼の髪と瞳の色には、本人も知らない秘密の伝承があり——
愛され少年の異世界ほんわかファンタジー
1～3巻好評発売中！
◆各定価：本体1200円+税　◆Illustration：福きつね

チートなタブレットを持って快適異世界生活
1・2
AUTHOR
ちびすけ
CHIBISUKE
アプリのおかげで
超快適な異世界ライフ!!
[第12回]
アルファポリス
ファンタジー小説大賞
特別賞
受賞作!
鑑定、買い物だけじゃなく
キケンな魔獣も楽々ペットに!
家でネットショッピングをしていた青年・山崎健斗は、
気が付くと、いかにもファンタジーな街中にいた……
タブレットを持ったまま。周囲の様子から、どうやら異世界に来てしまった
らしいと気付いたケント。さらにタブレットを操作してみると、アイテムや
人間の情報が見えたり、地球のものを買えたりするアプリを使えること
が判明した。雑用係として冒険者パーティ『暁』に加入した彼だったが――
チートアプリ満載のタブレットのおかげで家事にサポートに大活躍!?
●各定価:本体1200円+税
●Illustration:ヤミーゴ
チートなタブレットを持って快適異世界生活
ちびすけ
チートなタブレットを持って快適異世界生活
ちびすけ
2
新たな仲間はダンジョン産のもふもふ魔獣!

『収納』は異世界最強です 1・2

正直すまんかったと思ってる

俺を勇者召喚した国は怪しさ満点だし、
『収納』だけの出来損ない勇者になったし……
よし、逃げよう

農民 Noumin

ありがちな収納スキルが大活躍!?
異世界逃走ファンタジー!

少年少女四人と共に勇者召喚された青年、安堂彰人。召喚主である王女を警戒して鈴木という偽名を名乗った彼だったが、勇者であれば『収納』以外にもう一つ持っている筈の固有スキルを、何故か持っていないという事実が判明する。このままでは、出来損ない勇者として処分されてしまう——そう考えた彼は、王女と交渉したり、唯一の武器である『収納』の誰も知らない使い方を習得したりと、脱出の準備を進めていくのだった。果たして彰人は、無事に逃げることができるのか!?

◆各定価：本体1200円＋税　◆Illustration：おっweee

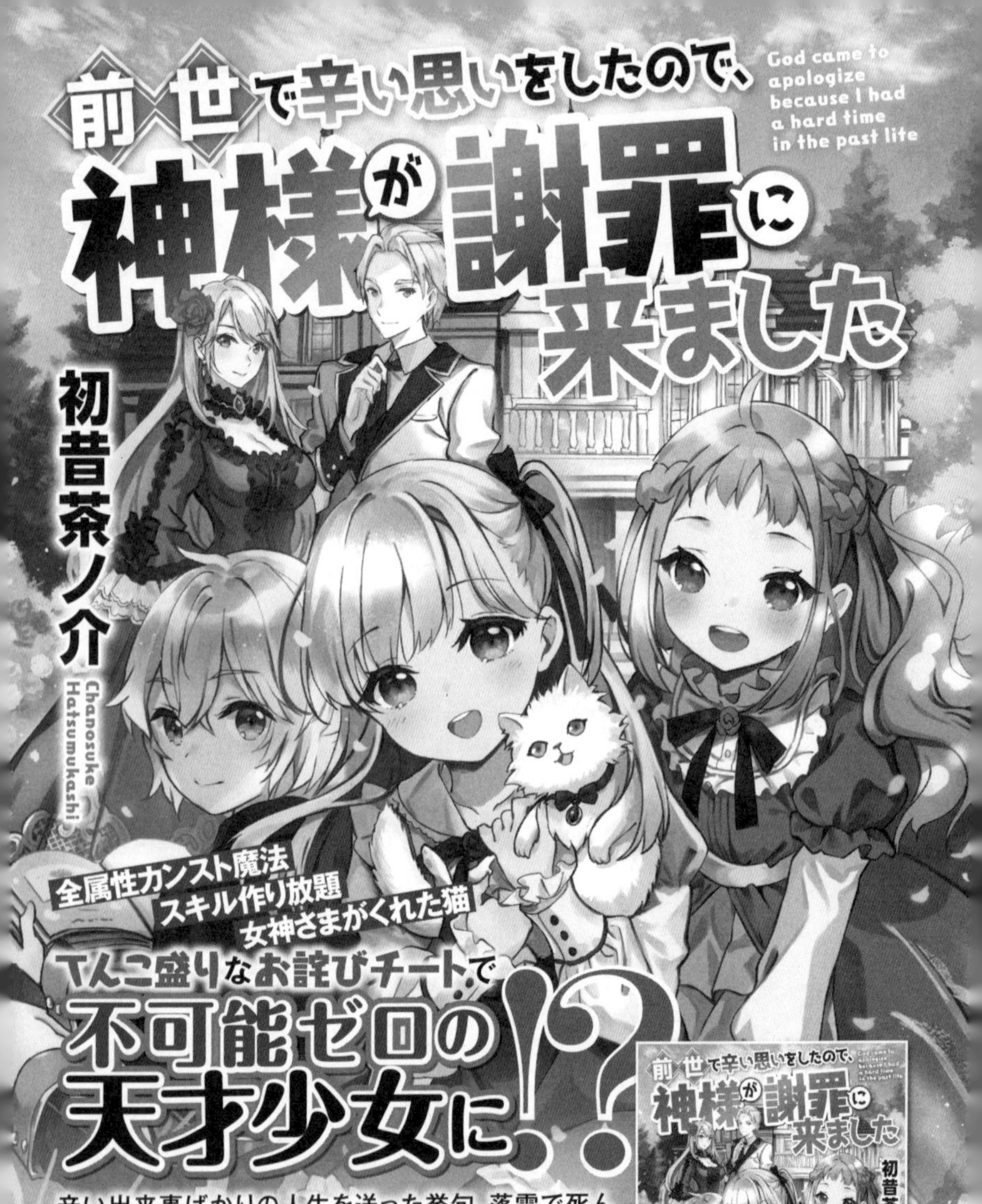

辛い出来事ばかりの人生を送った挙句、落雷で死んでしまったOL・サキ。ところが「不幸だらけの人生は間違いだった」と神様に謝罪され、幼女として異世界転生することに!　サキはお詫びにもらった全属性の魔法で自由自在にスキルを生み出し、森でまったり引きこもりライフを満喫する。そんなある日、偶然魔物から助けた人間に公爵家だと名乗られ、養子にならないかと誘われてしまい……!?

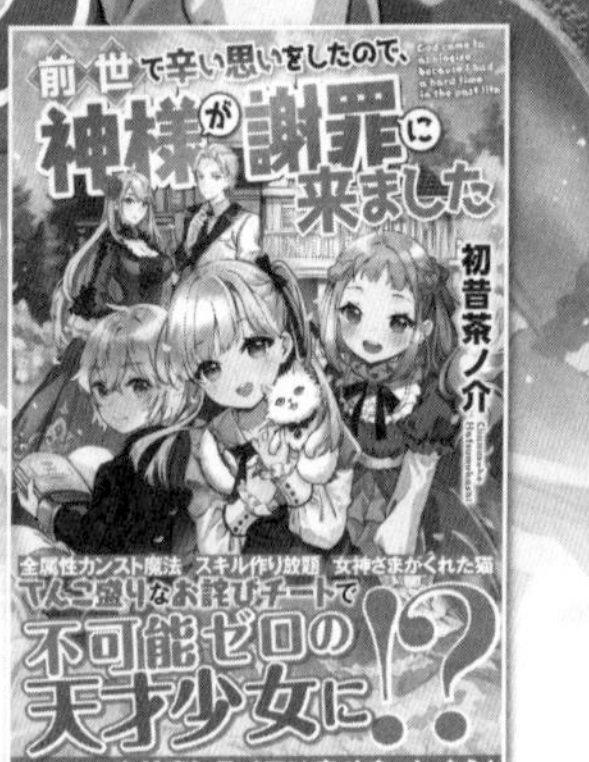

◉定価：本体1200円+税　◉ISBN：978-4-434-27440-4

◉Illustration：花染なぎさ

ギフト争奪戦に乗り遅れたら、ラストワン賞で最強スキルを手に入れた
[著] みももも
余りもの「最弱スキル」のおまけに
最強レアスキルがついてきた!?
大人気異世界集団勇者ファンタジー、待望の書籍化!
高校生の明野樹(あけのいつき)は、ある日突然、たくさんの人々とともに見知らぬ空間にいた。これから全員が勇者として異世界に召喚されるらしい。この空間では、そのためにギフトと呼ばれるスキルが配られるという。しかし、それは早い者勝ちだった。当然勃発するギフト争奪戦。元来積極的な性格ではないイツキは、その戦いから距離を置いていた。だがそうなると、いいギフトは手に入らない。案の定、イツキが手にしたギフトは、最低ランクだった……が、最後の一個にはなんとラストワン賞として、超レアなスキルがついてきた——
ギフト争奪戦に乗り遅れたら、ラストワン賞で最強スキルを手に入れた
みももも
勇者大量召喚でスキル争奪戦勃発!!
余りもの「最弱スキル」のおまけに
最強レアスキルがついてきた!?
大人気異世界集団勇者ファンタジー、待望の書籍化!
◆定価:本体1200円+税　◆ISBN:978-4-434-27521-0　◆Illustration:寝巻ネルゾ

The Apprentice Blacksmith of Level 596

レベル596の鍛冶見習い

寺尾友希
Terao Yuki

第12回アルファポリス
ファンタジー小説大賞
大賞受賞作!

チート級に愛される子犬系少年鍛冶士は
あらゆる素材を調達できる
Lv596!
最強の見習い!?

犬の獣人ノアは、凄腕鍛冶士を父に持ち、自身も鍛冶士を夢見る少年。しかし父ノマドは、母の死を境に酒浸りになってしまう。そんなノマドに代わって日々の食事を賄うため、幼いノアは自力で素材を集めて農具を打ち、ご近所さんとの物々交換に励むようになっていった。数年後、久しぶりにノアの鍛冶を見たノマドは、激レア素材を大量に並べる我が子に仰天。慌てて知り合いにノアを鑑定してもらうと、そのレベルは596! ノマドはおろか、国の英雄すら超えていた! そして家族隣人、果ては火竜の女王にまで愛されるノアの規格外ぶりが、次々に判明していく――!

◉定価:本体1200円+税　◉ISBN 978-4-434-27158-8　◉Illustration:うおのめうろこ

この作品に対する皆様のご意見・ご感想をお待ちしております。

おハガキ・お手紙は以下の宛先にお送りください。

【宛先】

〒150-6008 東京都渋谷区恵比寿4-20-3 恵比寿ガーデンプレイスタワー 8F
（株）アルファポリス　書籍感想係

メールフォームでのご意見・ご感想は右のＱＲコードから、
あるいは以下のワードで検索をかけてください。

ご感想はこちらから

本書は、「アルファポリス」（https://www.alphapolis.co.jp/）に掲載されていたものを、
改題・加筆・改稿のうえ書籍化したものです。

変わり者と呼ばれた貴族は、辺境で自由に生きていきます２

塩分不足（えんぶんぶそく）

2020年 7月 31日初版発行

編集－今井太一・芦田尚・宮坂剛
編集長－太田鉄平
発行者－梶本雄介
発行所－株式会社アルファポリス
〒150-6008 東京都渋谷区恵比寿4-20-3 恵比寿ガーデンプレイスタワー8F
TEL 03-6277-1601（営業） 03-6277-1602（編集）
URL https://www.alphapolis.co.jp/
発売元－株式会社星雲社（共同出版社・流通責任出版社）
〒112-0005東京都文京区水道1-3-30
TEL 03-3868-3275
装丁・本文イラスト－riritto
装丁デザイン－AFTERGLOW
印刷－図書印刷株式会社

価格はカバーに表示されてあります。

落丁乱丁の場合はアルファポリスまでご連絡ください。

送料は小社負担でお取り替えします。


ISBN978-4-434-27531-9 C0093